Diogenes Deluxe

PAULO COELHO, geboren 1947 in Rio de Janeiro, lebt mit seiner Frau Christina Oiticica in Genf. Alle seine Romane, insbesondere *Der Alchimist*, *Veronika beschließt zu sterben* und *Elf Minuten*, wurden Weltbestseller, in 88 Sprachen übersetzt und über 320 Millionen Mal verkauft. Die Themen seiner Bücher regen zum Nachdenken an und dazu, den eigenen Weg zu suchen.

Paulo Coelho

Die Schriften von Accra

Aus dem brasilianischen Portugiesisch
von Maralde Meyer-Minnemann

Diogenes

Titel der 2012 bei Editora Sextante Ltda.,
Rio de Janeiro, erschienenen Originalausgabe:
›Manuscrito encontrado em Accra‹

Paulo Coelho: www.paulocoelho.com
Die deutsche Erstausgabe erschien 2013
im Diogenes Verlag
Covermotiv: Archiv Diogenes Verlag
Druck und Bindung: CPI books GmbH, Leck

Veröffentlicht als Diogenes Deluxe, 2025

info@diogenes.ch · www.diogenes.ch
150/25/852/1
ISBN 978 3 257 26186 8

Heilige Maria, ohne Sünden empfangen, bete für uns, die wir uns an dich wenden. Amen.

Für N. S. R. N. als Dank für das Wunder
und für Mônica Antunes,
die niemals ihre Segnungen vergeudet hat.

Ihr Töchter von Jerusalem,
weinet nicht über mich,
sondern weinet über euch selbst
und über eure Kinder.

Lukas, 23:28

Geleitwort

Im Dezember 1945 fanden zwei Brüder auf der Suche nach einem Rastplatz in einer Höhle in der Region des heutigen Hamra Dom in Hochägypten einen Tonkrug voller Papyri. Anstatt vorschriftsgemäß die lokalen Behörden zu benachrichtigen, verkauften sie die Schriften nach und nach auf dem Antiquitätenmarkt und verhinderten so, dass die Regierung auf sie aufmerksam wurde. Einige wurden auch von der Mutter der beiden, die darin »negative Energien« vermutete, verbrannt.

Im Jahr darauf zerstritten sich die Brüder aus nicht überlieferten Gründen. Die Mutter, die die besagten »negativen Energien« der Handschriften dafür verantwortlich machte, übergab sie einem Priester, der eine davon an das Koptische Museum in Kairo verkaufte. Dort erhielten sie ihren heutigen Namen: die Nag-Hammadi-Schriften (ein Hinweis auf die dem Fundort am nächsten gelegene Stadt). Ein Experte am Museum, der Ägyptologe Jean Doresse, erkannte die Bedeutung des Fundes und zitierte die Schriften zum ersten Mal in einer Publikation aus dem Jahr 1948.

Bald tauchten auf dem Schwarzmarkt weitere Papyrus-Codices auf. Nun wurde auch die ägyptische Regierung auf die Bedeutung und den Umfang des Fundes aufmerksam und versuchte, die Ausfuhr aus dem Land zu unterbinden. Kurz nach der Revolution von 1952 wurde der größte Teil des Materials dem Koptischen Museum von Kairo übergeben und zu nationalem Kulturgut erklärt. Nur ein Text gelangte ins Ausland. Er tauchte bei einem belgischen Antiquar auf. Es gab fruchtlose Versuche, ihn in New York und Paris zu verkaufen, bis er schließlich 1951 vom C. G.-Jung-Institut in Zürich erworben wurde. Nach dem Tod des berühmten Psychoanalytikers kehrte der Codex, der nunmehr unter dem Namen Codex Jung bekannt war, nach Kairo zurück, wo heute etwa tausend Seiten Fragmente der Schriften von Nag Hammadi versammelt sind.

Die gefundenen Schriften sind Übersetzungen griechischer Texte, die Ende des ersten Jahrhunderts der christlichen Zeit und im Jahr 180 geschrieben und als die »Apokryphen« bekannt wurden, womit die Evangelien bezeichnet werden, die nicht in der Bibel stehen, so wie wir sie heute kennen.

Wie kam es dazu?

Im Jahr 170 trat eine Gruppe von Bischöfen zusammen, um festzulegen, welche Texte Teil des Neuen Testaments sein sollten. Das Kriterium war einfach: Alles, was dazu dienen konnte, die Häresien und doktrinären Spaltungen der damaligen Zeit zu bekämpfen, sollte darin enthalten sein. Es wurden die Evangelien, die wir heute kennen, die Apostel-Briefe und alles das ausgewählt, was in das System dessen passte, was die Bischöfe für den Kern der christlichen Lehre hielten. Die Hinweise auf dieses Treffen und die Liste der aufgenommenen Bücher befinden sich im *Canon Muratori*.

1974 entdeckte Sir Walter Wilkinson, ein englischer Archäologe, in der Nähe von Nag Hammadi ein weiteres Manuskript, das in drei Sprachen – Arabisch, Hebräisch und Latein – verfasst war. Vorschriftsgemäß sandte er den Text an die Abteilung für Altertum des Museums von Kairo, die ihn schriftlich wissen ließ, dass mittlerweile weltweit mindestens 155 Abschriften dieses Dokuments im Umlauf seien, praktisch alle mit demselben Wortlaut. Eine Radiokohlenstoffdatierung ergab, dass das Material des Dokuments relativ neu war – es wurde auf 1307 nach Christus datiert; seine Herkunft konnte bis in die Stadt Akkon, oder Accra, zurückverfolgt werden, die außerhalb Ägyptens, im Norden des heutigen Israels, liegt. Sir Wilkinson erhielt eine schriftliche Genehmigung der Regierung (Ref. 1901/317/PF-75 mit dem Datum vom 23. November 1974), das Dokument nach England ausführen zu dürfen.

An Weihnachten 1982 lernte ich in Porthmadog in Wales Sir Walter Wilkinsons Sohn kennen. Ich erinnere mich noch gut, dass er bei unserem Treffen auch beiläufig ein Manuskript erwähnte, das sein Vater gefunden hatte, aber keiner von uns beiden ging weiter auf das Thema ein. Wir haben uns seitdem immer wieder gesehen, und ich habe ihn jedes Mal besucht, wenn ich in seinem Heimatland auf Lesereise war.

Am 30. November 2011 erhielt ich zu meiner Überraschung plötzlich eine Kopie des Originaltextes, den mein Bekannter bei unserer ersten Begegnung erwähnt hatte.

Wie gern würde ich mit den Worten beginnen:

»Jetzt, da ich am Ende meines langen Lebens angekommen bin, halte ich für alle, die nach mir kommen, fest, was ich auf Erden gelernt habe. Möge es ihnen nützen.«

Nur leider entspricht dies nicht der Wahrheit.

Ich bin gerade einmal einundzwanzig Jahre alt, habe Eltern, die mir viel Liebe gegeben haben und eine gute Erziehung angedeihen ließen, und bin mit einer Frau verheiratet, die ich liebe und die mich liebt – und doch wird das Leben uns morgen trennen. Jeder wird für sich den eigenen Weg gehen, das eigene Schicksal und die eigene Art und Weise suchen, dem Tod ins Auge zu blicken.

Für unsere Familie ist heute der 14. Juli 1099. Für die Familie meines Nachbarn Yakob, mit dem ich schon als Kind hier in den Straßen Jerusalems gespielt habe, ist es das Jahr 4859 – er liebt es, mir zu sagen, dass die jüdische Religion älter ist als meine. Für den verehrten Ibn al-Athir, der sein ganzes Leben lang eine Geschichte aufgeschrieben hat, deren Abschluss nun bevorsteht, neigt sich das Jahr 492 seinem Ende zu. Zwischen uns herrscht weder Einigkeit hinsichtlich der Zeitrechnung noch hinsichtlich der Art, Gott zu verehren, doch ansonsten ist unser Zusammenleben immer sehr harmonisch gewesen.

Vor einer Woche haben sich unsere militärischen Befehlshaber versammelt: Die französischen Truppen, die vor den Toren stehen, sind unseren unendlich überlegen und besser ausgerüstet. Alle Bürger wurden vor die Wahl gestellt, entweder die Stadt zu verlassen oder bis zum Tod zu kämpfen, denn wir würden zweifelsohne besiegt werden. Die meisten haben sich entschlossen zu bleiben.

Die Anhänger des Islam versammeln sich in diesem Augenblick in der al-Aqsa-Moschee. Die Juden haben den Mihrab Dawud, Davids Heiligtum, ausgewählt, um dort ihre Soldaten zusammenzuziehen, und den Christen, die in vielen Stadtteilen verstreut leben, wurde die Verteidigung des Südens der Stadt übertragen.

Draußen können wir bereits die aus dem Holz von eigens dafür zerlegten Schiffen gebauten Belagerungstürme sehen. Aufgrund der feindlichen Truppenbewegungen nehmen wir an, dass sie im Morgengrauen angreifen und im Namen des Papstes, im Namen der »Befreiung« der Stadt, gemäß dem »göttlichen Wunsch« viel Blut vergießen werden.

Heute Abend fand sich im selben Hof, in dem vor einem Jahrtausend der römische Stadthalter Pontius Pilatus Jesus der Menge übergeben hatte, damit er gekreuzigt würde, eine Gruppe aus Männern und Frauen jeden Alters zusammen, um dem Griechen zuzuhören, den wir hier alle als »den Kopten« kennen.

Der Kopte ist ein seltsamer Mensch. Als junger Mann verließ er seine Heimatstadt Athen, um auf die Suche nach Abenteuern und Reichtum zu gehen. Am Ende klopfte er halb verhungert an die Tore unserer Stadt, die ihn freundlich aufnahm. Mit der Zeit gab er seine Absicht auf, seine Reise fortzusetzen, und beschloss, sich hier niederzulassen.

Er fand eine Anstellung bei einem Schuster und begann – wie Ibn al-Athir –, all das, was er sah und hörte, für die Nachwelt aufzuzeichnen. Er zeigte kein Interesse daran, sich einer Religionsgemeinschaft anzuschließen, und niemand drängte ihn dazu.

Ihm ist gleichgültig, ob das Jahr, in dem wir leben, das 1099. oder das 4859. ist oder ob das Jahr 492 zu Ende geht. Dem Kopten ist nur der gegenwärtige Augenblick wichtig. Er glaubt an ihn und an etwas, das er Moira nennt – die göttliche Kraft, welche für ein einziges Gesetz steht, das niemals übertreten werden darf, da sonst die Welt enden wird.

Neben dem Kopten saßen die Oberhäupter der drei Religionen, die in Jerusalem zu Hause sind. Bei dem Gespräch war keiner der weltlichen Machthaber zugegen – sie waren mit den letzten Vorbereitungen für den Widerstand beschäftigt, den wir jedoch für vollkommen sinnlos halten.

»Vor vielen Jahrhunderten wurde auf diesem Platz ein Mann gerichtet und verurteilt«, begann der Grieche. »Auf der Straße, die dort nach rechts führt, kam er an einer Gruppe von Frauen vorbei, als er seinem Tod entgegenging. Als er sah, wie sie weinten, sagte er: ›*Weinet nicht um mich, weint um Jerusalem. Für dich, Jerusalem, kommt eine Zeit, da werden deine Feinde einen Wall um dich bauen; sie werden dich belagern und dich von allen Seiten bedrängen. Sie werden dich und deine Bewohner niederwerfen und in der ganzen Stadt keinen Stein mehr auf dem anderen lassen.*‹ Er prophezeite, was jetzt geschieht. Von morgen an wird, was vorher Harmonie war, zu Zwietracht. Was Freude war, wird durch Trauer ersetzt. An die Stelle des Friedens wird ein Krieg treten, der sich bis in eine so ferne Zukunft hinziehen wird, dass wir sein Ende nicht einmal träumen können.«

Niemand sagte etwas, denn keiner von uns wusste genau, weshalb er dort war. Würden wir uns etwa noch eine Predigt über diese Eindringlinge anhören müssen, die sich selber »Kreuzritter« nennen?

Der Kopte genoss die Verwirrung, die sich unserer bemächtigt hatte. Und nach einem langen Schweigen erklärte er: »Sie können die Stadt zerstören, aber sie können nicht all das vernichten, was uns die Stadt gelehrt hat. Daher darf dieses Wissen nicht das Schicksal unserer Mauern, Häuser und Straßen erleiden. Aber was für ein Wissen ist das?«

Da niemand antwortete, fuhr er fort:

»Es ist nicht das absolute Wissen über das Leben und den Tod, sondern das, was uns hilft, zu leben und die Herausforderungen des Alltags zu bewältigen. Es ist nicht die Bildung aus Büchern, die nur dazu dient, nutzlose Diskussionen über das zu führen, was geschehen ist oder geschehen wird, sondern die Weisheit, die im Herzen der Menschen guten Willens wohnt.«

Der Kopte sagte:

»Ich bin ein gebildeter Mann, habe viele Jahre meines Lebens damit verbracht, Dinge aus vergangenen Jahrhunderten wiederherzustellen und zu klassifizieren. Ich habe über Politik diskutiert, dennoch weiß ich jetzt nicht genau, was ich sagen soll. Aber ich werde die göttliche Kraft bitten, mein Herz zu läutern. Ihr stellt mir Fragen, und ich werde antworten. Im alten Griechenland lernten so die Meister: indem ihre Schüler sie zu etwas befragten, über das sie zuvor nie nachgedacht hatten, nun aber gezwungen waren, eine Antwort zu finden.«

»Und was machen wir mit den Antworten?«, fragte jemand.

»Einige von euch werden aufschreiben, was ich sage. Andere werden die Worte im Gedächtnis bewahren. Das Wichtigste aber ist, dass ihr euch heute Nacht in alle Himmelsrichtungen aufmacht und verbreitet, was ihr gehört habt. So wird die Seele Jerusalems bewahrt werden. Und eines Tages werden wir Jerusalem nicht nur als Stadt aus Stein wiederaufbauen, sondern als einen spirituellen Ort, an dem die Weisheit zusammenfließt und der Frieden wieder regiert.«

»Wir alle wissen, was uns morgen erwartet«,

sagte ein anderer Mann. »Wäre es nicht besser, darüber zu sprechen, wie wir einen Frieden aushandeln oder uns auf den Kampf vorbereiten können?« Der Kopte schaute die Gottesmänner an, die neben ihm saßen, und wandte sich dann an die Menge.

»Niemand weiß, was der morgige Tag für uns bereithält, denn jeder Tag hat seine guten und schlimmen Augenblicke. Daher vergesst, wenn ihr eure Fragen stellt, die Truppen dort draußen und die Angst hier drinnen. Unser Vermächtnis wird nicht sein, jenen, die die Erde einmal erben werden, zu sagen, was am heutigen Tag geschehen ist; das wird die Geschichte tun. Lasst uns also von unserem Alltag sprechen, von den Schwierigkeiten, die wir bewältigen mussten. Nur das interessiert künftige Generationen, denn ich bezweifle, dass sich in den nächsten tausend Jahren viel ändern wird.«

Da bat mein Nachbar Yakob:
»Sprich zu uns über die Niederlage.«

»Was würdest du sagen?«, fragte der Kopte zurück. »Fühlt ein Blatt, das im Winter vom Baum fällt, sich von der Kälte besiegt? Der Baum sagt zum Blatt: ›Dies ist der Kreislauf der Natur. Auch wenn du glaubst, dass du sterben wirst, lebst du in mir weiter. Dir verdanke ich, dass ich lebe, weil ich durch dich atmen konnte. Dir verdanke ich, dass ich mich geliebt fühlen durfte, denn ich konnte dem müden Wanderer Schatten spenden. Dein Saft ist in meinem Saft, wir sind eins.‹

Kann sich ein Mann besiegt fühlen, der sich jahrelang darauf vorbereitet hat, den höchsten Berg der Welt zu erklimmen, wenn er zum Berg gelangt und sieht, dass die Natur diesen in ein Unwetter gehüllt hat? Der Mann sagt zum Berg: ›Mag sein, dass du mich jetzt nicht willst, aber das Wetter wird sich ändern, und eines Tages werde ich deinen Gipfel erklimmen. Einstweilen wirst du dort auf mich warten.‹

Kann ein junger Mann, wenn er von seiner ersten Liebe abgewiesen wird, behaupten, es gebe die Liebe nicht? Der junge Mann sagt sich: ›Ich werde jemandem begegnen, der versteht, was ich fühle. Und dann werde ich für den Rest meines Lebens glücklich sein.‹

Es gibt im Kreislauf der Natur weder Sieg noch Niederlage. Es gibt nur Bewegung.

Der Winter kämpft darum, alleiniger Herrscher zu sein, aber am Ende wird er den Sieg des Frühlings hinnehmen müssen, der Blumen und Freude mit sich bringt.

Der Sommer will, dass seine heißen Tage ewig fortdauern, weil er überzeugt ist, dass nur die Wärme der Erde zuträglich ist. Aber am Ende nimmt er die Ankunft des Herbstes hin, der erlaubt, dass die Erde sich ausruht.

Die Gazelle frisst das Gras und wird vom Löwen verschlungen. Entscheidend ist nicht, wer der Stärkere ist; Gott weist uns damit auf den natürlichen Kreislauf von Leben, Tod und neuem Leben hin.

Und in diesem Kreislauf gibt es weder Sieger noch Besiegte, nur Etappen, die durchlaufen werden müssen. Wenn des Menschen Herz dies begreift, wird es frei. Dann erduldet es klaglos schwierige Augenblicke und lässt sich auch durch Augenblicke des Ruhms nicht täuschen.

Beide werden vorübergehen. Einer wird auf den anderen folgen. Und der Kreislauf wird sich fortsetzen, bis wir uns von allem Fleischlichen befreien und uns mit der göttlichen Kraft vereinigen.

Daher sollte der Kämpfer, wenn er sich in der Arena befindet (aus freien Stücken oder weil das unergründliche Schicksal ihn dorthin geführt hat), seinen Geist mit Freude an dem Kampf erfüllen, den er gleich ausfechten wird. Bewahrt er seine Würde und Ehre, kann er den Kampf verlieren, aber er wird nie ein Besiegter sein, weil seine Seele unverletzt blieb.

Und er wird niemandem die Schuld an dem geben, was mit ihm geschieht. Seit er zum ersten Mal geliebt hat und abgewiesen wurde, hat er dies begriffen, denn seine Fähigkeit zu lieben wurde damit nicht getötet. Was für die Liebe gilt, gilt auch für den Krieg.

Einen Kampf oder alles, was wir zu besitzen glaubten, zu verlieren, mag uns betrüben. Aber wenn diese Augenblicke der Traurigkeit vorübergegangen sind, entdecken wir die unbekannte Kraft, die in jedem von uns wohnt, eine überraschende Kraft, die unsere Selbstachtung steigert.

Wir blicken in die Runde und sagen uns selber: ›Ich habe überlebt.‹ Und das erfüllt uns mit Freude.

Nur jene, die diese Kraft nicht kennen, sagen: ›Ich habe verloren.‹ Und verzagen.

Andere, die ihre Niederlage wurmt und das, was die Sieger über sie erzählen, erlauben sich, ein paar Tränen zu vergießen, ohne allerdings in Selbstmitleid zu zerfließen. Sie wissen, dass der Kampf nur unterbrochen ist und sie in diesem Augenblick im Nachteil sind.

Sie hören ihr Herz schlagen und bemerken, dass sie angespannt sind und Angst haben. Doch dann schauen sie auf ihr Leben zurück und entdecken, dass trotz der Angst, die sie spüren, der Glaube ihnen Kraft gibt weiterzumachen.

Sie versuchen herauszufinden, was sie falsch gemacht haben und was richtig. Sie nutzen den Augenblick, in dem sie am Boden liegen, um auszuruhen, ihre Wunden zu pflegen, neue Strategien zu entwickeln und sich besser zu rüsten.

Und es kommt der Tag, an dem ihnen ein neuer Kampf bevorsteht. Die Angst ist zwar immer noch da, aber sie dürfen nicht untätig bleiben, sonst bleiben sie am Boden liegen. Darum stehen sie wieder auf und stellen sich dem Gegner.

Diesmal müssen sie siegen, da sie keine weitere schmerzliche Niederlage hinnehmen wollen.

Und wenn sie nicht dieses Mal siegen, dann eben das nächste oder übernächste Mal. Das Schlimmste ist, zu fallen und nicht wieder auf die Füße zu kommen.

Besiegt ist nur, wer aufgibt. Alle anderen sind siegreich.

Und es wird der Tag kommen, an dem die schwierigen Augenblicke nur noch Geschichten sind, die wir einander stolz erzählen. Und alle werden ehrfürchtig lauschen und drei wichtige Dinge lernen:

Geduld – um den richtigen Augenblick zum Handeln abwarten zu können.

Klugheit – um eine zweite Chance nicht ungenutzt verstreichen zu lassen.

Und stolz auf die eigenen Narben zu sein.

Die Narben sind wie mit dem Eisen in unsere Haut gebrannte Auszeichnungen, und sie werden deinen Feinden Angst einflößen und ihnen zeigen, dass der Mensch, der vor ihnen steht, kampferprobt ist. Häufig führt das dazu, dass die Feinde das Gespräch suchen und den Kampf meiden.

Narben sprechen eine deutlichere Sprache als das Schwert, dessen Klinge sie hervorgerufen hat.«

»Und was ist mit den Besiegten?«, wollte ein Kaufmann wissen, als er sah, dass der Kopte zum Ende gekommen war.

Und dieser antwortete:

»Wer besiegt wurde, ist nicht gescheitert.

Besiegt werden bedeutet, dass wir einen bestimmten Kampf oder einen Krieg verlieren. Das Gefühl, gescheitert zu sein, aber nimmt uns jeden Kampfesmut.

Wir fühlen uns als Versager, wenn wir etwas nicht erringen, was wir uns glühend wünschen. Doch das Gefühl, versagt zu haben, nimmt uns die Fähigkeit zu träumen. Nach dem Motto: Wünsche dir nichts, und du wirst niemals leiden.

Die Niederlage endet in dem Augenblick, in dem wir uns einem neuen Kampf stellen. Das Gefühl zu versagen endet nie: Es ist die Wahl einer Lebensform.

Eine Niederlage erleiden diejenigen, die trotz aller Angst weiterhin voller Begeisterung und Glauben leben.

Eine Niederlage erleiden die Tapferen. Nur ihnen wird die Ehre zuteil, zu verlieren und zu gewinnen.

Dass die Niederlage zum Leben gehört, wissen wir alle. Ich stehe nicht hier, um das zu sagen. Nur die Besiegten kennen die Liebe. Denn wir alle fechten im Namen der Liebe unsere ersten Kämpfe aus – und verlieren sie meistens.

Ich stehe hier, um euch auch von jenen zu erzählen, die niemals besiegt wurden.

Es sind jene, die nie gekämpft haben.

Sie haben erfolgreich Verletzungen, Erniedrigungen, das Gefühl von Hilflosigkeit vermieden und jene bitteren Augenblicke, in denen Krieger an der Existenz Gottes zu zweifeln beginnen.

Auch wenn sie sich voller Stolz rühmen können:

›Ich habe nie eine Schlacht verloren‹, können sie sich doch andererseits auch nie sagen: ›Ich habe eine Schlacht gewonnen.‹

Doch das ist ihnen gleichgültig. Sie leben in einer Welt, in der sie scheinbar nichts berühren kann. Sie verschließen die Augen vor Ungerechtigkeit und Leid und wiegen sich in Sicherheit, weil sie sich den alltäglichen Herausforderungen jener nicht stellen müssen, die sich über die eigenen Grenzen hinauswagen.

Sie haben nie ein ›Leb wohl‹ gehört. Aber auch kein ›Da bin ich wieder – umarme mich so, wie jemand, der glaubte, mich verloren zu haben, und mich doch wiedergefunden hat‹.

Die ewig Unbesiegten wirken fröhlich und überlegen, so, als besäßen sie eine Wahrheit, für die sie nie einen Finger gerührt haben. Wie die Hyänen fressen sie nur, was der Löwe übriggelassen hat.

Sie lehren ihre Kinder: ›Lasst euch nicht auf Kämpfe ein, ihr könnt nur verlieren. Behaltet eure Zweifel für euch, und ihr werdet niemals Probleme haben. Greift euch jemand an, tut so, als wäre es nicht geschehen, und lasst euch nicht dazu herab, den Angriff zu erwidern. Es gibt schließlich wichtigere Dinge im Leben.‹

Aber nachts, wenn sie in der Stille allein sind, kämpfen sie imaginäre Schlachten, in denen es um unerfüllte Träume geht, um Ungerechtigkeiten, die sie vorgaben, übersehen zu haben, um Augenblicke von Feigheit, die sie vor allen (nur vor sich selber nicht) verbergen konnten, und um die Liebe, die mit einem Strahlen im Blick ihren Weg kreuzte – jene Liebe, die ihnen von Gott bestimmt war, die sie aber anzusprechen nicht den Mut hatten.

Und sie geloben: ›Morgen wird alles anders.‹ Aber der Morgen kommt und mit ihm die lähmende Frage: ›Und wenn es nicht klappt?‹ Also tun sie nichts.

Wehe denen, die nie besiegt wurden! Sie werden im Leben niemals Sieger sein.«

»Sprich zu uns über das Alleinsein«, bat eine junge Frau, die kurz vor ihrer Hochzeit mit einem der reichsten Männer der Stadt stand und jetzt gezwungen war zu fliehen.

Und der Kopte antwortete:

»Wenn du nicht allein sein kannst, wird die Liebe nicht lange an deiner Seite verweilen.

Denn auch die Liebe braucht Ruhezeiten, damit sie durch den Himmel reisen und sich auf andere Weise offenbaren kann.

Keine Pflanze und kein Tier überlebt, wenn sie nie allein gelassen werden. Auch das Feld muss hin und wieder allein gelassen werden, damit es fruchtbar bleibt. Kein Kind wird etwas über das Leben lernen, keine Arbeit sich entwickeln und verändern können, wenn ihnen Alleinsein verwehrt wird.

Alleinsein bedeutet nicht die Abwesenheit von Liebe, sondern deren Ergänzung.

Alleinsein heißt nicht, dass man ohne Begleitung ist, sondern es meint den Augenblick, in dem unsere Seele zu uns sprechen und uns helfen kann, Entscheidungen für unser Leben zu treffen.

Daher sind diejenigen gesegnet, die gut mit sich selbst allein sein können und die sich nicht voller Angst in Arbeit vergraben oder mit Zerstreuungen abzulenken versuchen.

Denn wer niemals allein ist, kennt sich selbst nicht.

Und wer sich selbst nicht kennt, fürchtet die Leere.

Doch diese Leere gibt es nicht. Eine ungeheuer große Welt verbirgt sich in unserer Seele und wartet darauf, entdeckt zu werden. Sie ist da mit ihrer ganzen unverbrauchten Kraft, doch sie ist so neu und so mächtig, dass wir uns nicht eingestehen wollen, dass es sie gibt.

Doch wenn wir herausfinden, wer wir sind, kommen wir nicht umhin, die Möglichkeit ins Auge zu fassen, unsere Gewohnheiten aufzugeben. Und das erschreckt uns. Statt ein Risiko einzugehen, sagen wir lieber: ›Ich habe nicht gehandelt, weil man mich nicht gelassen hat.‹

Das ist bequemer. Und sicherer. Doch zugleich bedeutet es, auf ein selbstbestimmtes Leben zu verzichten.

Wehe denen, die vorgeben, sie hätten keine Gelegenheit zum Handeln bekommen. Denn sie werden mit jedem Tag tiefer in den Brunnen der eigenen Beschränkungen hinabsinken und irgendwann keine Kraft mehr haben, wieder zum Licht aufzusteigen, das hoch oben über ihren Köpfen leuchtet.

Gesegnet seien die, die sagen: ›Ich wage es nicht.‹

Denn sie begreifen, dass sie niemand anderem die Schuld in die Schuhe schieben können. Und früher oder später werden sie das notwendige Selbstbewusstsein aufbringen, sich dem Alleinsein und seinen Geheimnissen zu stellen.

Und diejenigen, die sich vor dem Alleinsein nicht fürchten, erwartet ein neues Lebensgefühl.

In der Abgeschiedenheit werden sie der Liebe gewahr werden, die manchmal unbemerkt kommt. In der Abgeschiedenheit werden sie die Liebe, die gegangen ist, begreifen und achten.

In der Abgeschiedenheit werden sie lernen, dass Neinsagen nicht immer ein Mangel an Großzügigkeit und dass Jasagen nicht immer eine Tugend ist.

Und diejenigen, die in diesem Augenblick allein sind, sind auch gefeit gegen die Worte des Dämons: ›Du vergeudest deine Zeit.‹ Und auch gegen die noch machtvolleren Worte des Obersten Dämons: ›Du bist für niemanden wichtig.‹

Die göttliche Kraft hört uns, wenn wir mit den anderen sprechen, aber sie hört uns auch, wenn wir still dasitzen und das Alleinsein genießen.

In solchen Augenblicken erleuchtet Gottes Licht alles ringsum und lässt uns erkennen, wie sehr wir gebraucht werden, wie entscheidend unsere Anwesenheit auf Erden für seine Arbeit ist.

Und wenn wir diesen Zustand des inneren Einklangs erreichen, erhalten wir mehr als das, worum wir gebeten haben.

Und jene, die das Alleinsein bedrückt, sollten sich in Erinnerung rufen, dass wir in den entscheidenden Augenblicken des Lebens immer allein sind.

Wie das Kind, wenn es aus dem Leib der Mutter kommt. Egal, wie viele Menschen bei seiner Geburt zugegen sind, letztlich entscheidet es allein, ob es leben will.

Wie der Künstler, der allein sein und den Stimmen der Engel lauschen muss, damit seine Arbeit wirklich gut wird.

Wie wir, wenn wir dereinst im wichtigsten und meistgefürchteten Augenblick unseres Lebens allein sein werden – im Angesicht des von uns ungeliebten Todes.

So wie die Liebe zu Gott gehört, gehört das

Alleinsein zum Menschen. Und beide bestehen für jene einträchtig nebeneinander, die das Wunder des Lebens begreifen.«

Und ein junger Mann, der ausgewählt worden war, die Stadt zu verlassen, zerriss seine Kleider und sagte:

»Meine Stadt hält mich für kampfuntauglich. Ich werde nicht gebraucht.«

Und der Kopte antwortete:

»Es gibt Menschen, die sagen: ›Keiner liebt mich.‹ Doch auch wenn eine Liebe nicht erwidert wird, bleibt immer noch die Hoffnung, dass sie es eines Tages doch wird.

Andere schreiben in ihr Tagebuch: ›Mein Genie wird verkannt, mein Talent nicht gewürdigt, und meine Träume werden nicht ernst genommen.‹ Aber auch für sie besteht Hoffnung, dass sich das Blatt nach langem Ringen wenden wird.

Andere verbringen ihre Tage damit, an Türen anzuklopfen und sich für eine Arbeit zu bewerben, im Wissen, dass ihre Geduld eines Tages belohnt und eine Tür sich öffnen wird.

Aber es gibt auch solche, die Morgen für Morgen mit schwerem Herzen aufwachen und nicht auf der Suche nach Liebe, Anerkennung oder Arbeit sind.

Und sie fragen sich: ›Warum nur werde ich nicht gebraucht? Ich lebe, weil ich überleben muss, aber niemand, wirklich niemand, interessiert sich für das, was ich tue.‹

Sie sitzen im Sonnenschein mit ihrer Familie zusammen. Ihre Fröhlichkeit ist aber nur vorgetäuscht. Eigentlich müssten sie zufrieden sein, aber sie haben das Gefühl, dass alle auch ohne sie auskommen könnten. Entweder weil sie noch jung sind und spüren, dass die Älteren mit anderen Dingen beschäftigt sind, oder weil sie alt sind und glauben, die Jüngeren würden dem, was sie zu sagen haben, keine Bedeutung beimessen.

Der Dichter schreibt ein paar Zeilen und wirft sie dann weg, weil er denkt: ›Das interessiert ohnehin niemanden.‹

Derjenige, der eine Arbeit *hat,* kommt zur Arbeit und tut jeden Tag nur dasselbe, was er schon am Vortag getan hat. Und er ist überzeugt, dass ihn im Falle seiner Entlassung niemand vermissen würde.

Eine junge Frau, die mit viel Liebe ihr Festgewand selbst entworfen und genäht hat, erscheint zum Fest und erntet nur Blicke, die besagen: Du bist zwar weder hübscher noch hässlicher als die anderen jungen Frauen, und auch dein Kleid ist weder hübscher noch hässlicher als die abertausend Roben, die gerade auf einem der abertausend Feste überall auf der Welt getragen werden, in großen Schlössern wie in kleinen Dörfern, wo jeder jeden kennt und jede das Kleid der anderen kommentiert – nur das der jungen Frau nicht.

Die nun denkt, dass damit die ganze Arbeit umsonst war.

Die jungen Leute, die sehen, dass die Welt vor großen Problemen steht, träumen davon, sie zu lösen, doch niemand ist an ihrer Meinung interessiert. ›Wie wollt ihr die Probleme lösen, wenn ihr die Welt doch noch gar nicht kennt?‹, werden sie abgefertigt. ›Hört auf die Älteren, sie wissen besser, was zu tun ist.‹

Und die alten, reifen Leute, die auf die harte Tour ihre Erfahrungen im Leben gemacht haben und sie gerne an die Jüngeren weiterreichen würden, stellen fest, dass diese nicht daran interessiert sind. ›Die Welt hat sich verändert‹, werden sie abgefertigt. ›Man muss mit der Zeit gehen und auf die Jüngeren hören.‹

Der mangelnde Respekt macht weder vor Jungen noch vor Alten halt, und das Gefühl, nicht gebraucht zu werden, zersetzt die Seele, indem es unablässig wiederholt: ›Niemand interessiert sich für dich, die Welt braucht dich nicht.‹

Im verzweifelten Versuch, ihrem Leben einen Sinn zu geben, wenden sich viele der Religion zu, denn sie finden sich durch einen Kampf gerechtfertigt, der im Namen des Glaubens geführt wird und der für etwas Großes steht, das die Welt verändern kann. ›Wir arbeiten für Gott‹, sagen sie sich.

Zuerst werden sie fromm. Dann werden sie zu Wanderpredigern. Und schließlich zu Fanatikern.

Sie begreifen nicht, dass Religionen ursprünglich dazu dienten, die Mysterien und die Anbetung der göttlichen Kraft in der Gemeinschaft zu feiern – niemals aber dazu, andere zu unterdrücken oder gar zu bekehren.

Die höchste Manifestation des Wunders Gottes ist das Leben.

Heute Nacht werde ich um dich weinen, Jerusalem, denn dieses Verständnis der göttlichen Einheit wird für tausend Jahre verschwinden.

Frag die Blume auf dem Feld: ›Wie kannst du dich nützlich fühlen, wenn du nichts anderes tust, als immer gleiche Blüten hervorzubringen?‹

Und sie wird antworten: ›Ich bin schön, und die Schönheit an sich rechtfertigt mein Dasein.‹

Frag einen Fluss: ›Fühlst du dich nützlich, schließlich fließt du immer in dieselbe Richtung?‹

Und er wird antworten: ›Ich versuche nicht, nützlich zu sein, ich versuche, ein Fluss zu sein.‹

Nichts und niemand auf dieser Welt ist in den Augen Gottes überflüssig. Weder das Blatt, das vom Baum, noch das Haar, das vom Kopf fällt, noch ein Insekt, das getötet wird, weil es störte. Alles hat seine Daseinsberechtigung.

Und auch du nicht, der du mir diese Frage gestellt hast. ›Ich bin nutzlos, ich werde nicht gebraucht‹ sind Antworten, die du dir selber gibst.

Sie wirken wie Gift, und bald wirst du dich wie ein wandelnder Toter fühlen, auch wenn du weiterhin herumgehst, isst, schläfst und dich, so gut es geht, amüsierst.

Versuche nicht, nützlich zu sein! Sei nur du selbst! Das allein zählt.

Geh weder schneller noch langsamer als deine Seele. Denn sie ist es, die dich lehrt, wozu jeder Schritt gut ist. Manchmal kann man durch die Teilnahme an einem großen Kampf dazu beitragen, den Lauf der Geschichte zu verändern. Manchmal aber genügt dazu ein Lächeln, das du einem Wildfremden schenkst, der dir auf der Straße begegnet. Ohne dass du es wolltest, hast du ihm dadurch möglicherweise das Leben gerettet, weil auch er sich nutzlos und nicht gebraucht fühlte und vielleicht kurz davorstand, sich das Leben zu nehmen … bis dein Lächeln ihm wieder Hoffnung und Zuversicht gab.

Auch wenn du Rückschau hältst und dein Leben noch einmal Tag für Tag vor deinem inneren Auge Revue passieren lässt mit allen Momenten, in denen du in der Sonne geschwitzt, gelitten und gelächelt hast, wirst du doch niemals genau wissen, wann und weswegen du für andere nützlich warst. Ein Leben ist nie nutzlos oder überflüssig. Jede Seele, die auf die Erde herabgekommen ist, hat ihre Daseinsberechtigung.

Menschen, die anderen wirklich helfen, versuchen nicht, nützlich zu sein, sondern ein interessantes Leben zu führen. Sie geben selten Ratschläge, dienen anderen aber als Vorbild.

Lebe nur das Leben, das du schon immer leben wolltest. Vermeide es, andere zu kritisieren, und konzentriere dich auf das, wovon du immer geträumt hast. Vielleicht erscheint dir das nicht so wichtig.

Doch Gott, der alles sieht, weiß, dass dein Leben für andere ein Vorbild ist und du so dazu beiträgst, die Welt zu verändern. Und er wird dich jeden Tag aufs Neue mit Segnungen überhäufen.

Und wenn der Todesengel zu dir kommt, wirst du ihn sagen hören:

›Du hast ganz recht, wenn du fragst: Mein Vater, mein Vater, warum hast du mich verlassen?‹

Nun aber, in der letzten Sekunde deines Lebens auf Erden, werde ich dir sagen, was ich gesehen habe: ›Dein Haus und dein Hof sind wohlbestellt. Ich habe ein jedes Ding an seinem Platz vorgefunden, ganz so, wie es sein soll. Du bist einer von denen, die begriffen haben, dass man den kleinen Dingen Beachtung schenken muss. Denn nur, wer dies tut, kann die Welt verändern.

Und deshalb werde ich dich ins Paradies mitnehmen.‹«

*Und eine Frau namens Almira,
die Schneiderin war, sagte:*

*»Ich hätte fliehen sollen, bevor
die Kreuzritter kamen, dann würde
ich heute in Ägypten arbeiten.
Aber ich hatte immer Angst vor
Veränderungen.«*

Und der Kopte antwortete:

»Wir haben Angst vor Veränderungen, weil wir glauben, dass wir nach vielen Mühen und Opfern unsere Welt, so wie sie jetzt ist, genau kennen.

Und auch wenn es nicht die beste aller Welten ist, auch wenn wir mit ihr nicht ganz zufrieden sind, so hält sie wenigstens keine Überraschungen für uns bereit. Wir können scheinbar nichts falsch machen.

Wenn nötig, werden wir kleine Veränderungen vornehmen, damit alles beim Alten bleibt.

Wir sehen, wie die Berge am selben Ort verharren und wie ausgewachsene Bäume eingehen, wenn sie verpflanzt werden.

Und wir sagen uns: ›Ich möchte sein wie die Berge und die Bäume. Solide und geachtet.‹

Auch wenn wir nachts aufwachen und denken:

›Wie gern wäre ich wie ein Vogel, der nach

Damaskus oder Bagdad fliegen kann, sooft er will.‹

Oder: ›Wie gern wäre ich wie der Wind, von dem niemand weiß, woher er kommt und wohin er geht, und der die Richtung ändert, ohne jemandem erklären zu müssen, warum.‹

Aber am nächsten Morgen erinnern wir uns daran, dass Vögel immer auf der Flucht vor Jägern und stärkeren Artgenossen sind. Und dass der Wind manchmal zum Wirbelsturm wird und alles ringsum zerstört.

Es tut gut, davon zu träumen, dass wir einst in die Ferne schweifen oder was wir sonst noch alles tun könnten. Träumen stimmt fröhlich – denn es gibt uns das Gefühl, zu mehr fähig zu sein als zu dem, was wir gegenwärtig tun.

Träumen allein birgt keine Risiken. Gefährlich wird es erst, wenn wir die Träume in die Tat umsetzen wollen.

Aber es kommt der Tag, an dem das Schicksal an unsere Tür klopft. Es kann das leise Klopfen des Schutzengels sein oder das unverwechselbare Pochen des Todesengels. Und beide sagen: ›Ändere dich, jetzt!‹ Nicht nächste Woche, nicht nächsten Monat, nicht nächstes Jahr. Die Engel sagen: ›Jetzt!‹

Auf den Todesengel hören wir sofort und verändern radikal alles, aus Angst, er könnte uns mitnehmen: Wir ziehen um, ändern unsere Gewohnheiten, stellen unsere Ernährung, unser Verhalten um. Und das alles, weil er uns nicht gestattet, so weiterzumachen wie bisher.

Wir hören auch auf unseren Schutzengel, jedoch nicht, ohne ihn vorher zu fragen: ›Wohin führst du mich?‹

Und er antwortet: ›In ein neues Leben.‹

Und wir erinnern uns: Wir haben zwar unsere Probleme, aber wir können sie lösen – auch wenn wir ständig mehr Zeit damit verbringen, um sie in den Griff zu bekommen. Wir meinen, wir müssen unseren Eltern und unseren Lehrern gefallen und unseren Kindern ein Vorbild sein und nicht vom rechten Weg abweichen.

Unsere Nachbarn erwarten von uns, dass wir ein Vorbild an Beharrlichkeit und Kampfesmut sind und vor keinen Hindernissen zurückschrecken. Und wir sind stolz darauf, wenn wir ihre Erwartungen erfüllen, und freuen uns, wenn wir dafür gelobt werden, dass wir stur weiter den Weg gehen, den das Schicksal für uns ausgesucht hat.

Nichts könnte falscher sein.

Denn der richtige Weg ist der Weg der Natur, die sich wie die Dünen in der Wüste ständig verändert.

Wer glaubt, dass Berge sich nicht verändern, irrt: Denn sie sind aus Erdbeben entstanden, werden von Wind und Wetter geformt und verändern sich mit jedem Tag – auch wenn wir es mit bloßem Auge nicht wahrnehmen können.

Die Berge verändern sich und frohlocken: ›Wie gut, dass wir nicht ewig dieselben bleiben.‹

Wer glaubt, dass Bäume sich nicht verändern, irrt ebenfalls. Sie müssen hinnehmen, dass sie im Winter nackt und im Sommer bekleidet sind. Und sie wachsen ständig über sich hinaus – denn die Vögel und der Wind tragen ihre Samen in die ganze Welt.

Und die Bäume frohlocken ebenfalls: ›Ich dachte, ich sei ein Einziger, und heute habe ich herausgefunden, dass ich viele bin‹, sagen sie zu den jungen Bäumen, die ringsum zu sprießen beginnen.

Die Natur sagt uns: ›Ändere dich!‹

Und diejenigen, die den Engel des Herrn nicht fürchten, haben begriffen, dass man voranschreiten muss. Trotz aller Ängste. Trotz aller Zweifel. Trotz aller Vorhaltungen. Trotz aller Drohungen.

Sie stellen sich ihren Werten und Vorurteilen. Hören sich die Warnungen ihrer Freunde und Verwandten an, die sie anflehen: ›Tu's nicht! Hier hast du alles, was du brauchst: deine Eltern und deine Ehefrau und deine Kinder, die dich lieben, eine sichere Anstellung, für die du so lange kämpfen musstest. Gehe das Risiko nicht ein, ein Fremder in einem fremden Land zu sein.‹

Dennoch wagen sie den ersten Schritt – manchmal aus Neugier, manchmal aus Ehrgeiz, meist aber wegen einer unbezwinglichen Abenteuerlust. Und mit jeder neuen Wegbiegung steigt die Angst. Und gleichzeitig stellen sie überrascht fest, dass sie stärker und fröhlicher sind, als sie erwartet hatten.

Freude. Das ist eine der größten Segnungen des Allmächtigen. Wenn wir fröhlich und glücklich sind, sind wir auf dem richtigen Weg.

Und allmählich verschwindet die Angst, weil ihr nicht die gebührende Aufmerksamkeit zuteilwird. Eine Frage taucht jedoch am Anfang des Weges beharrlich immer wieder auf: ›Führt mein Entschluss, mich zu verändern, dazu, dass andere meinetwegen leiden?‹

Doch wer liebt, möchte den geliebten Menschen glücklich sehen. Und auch wenn wir uns anfangs sorgen, mischt sich in die Sorge bald auch Stolz, dass der andere das tut, was er mag, und dass er dorthin geht, wohin zu gehen er geträumt hat.

Später aber mag zuweilen ein Gefühl von Hilflosigkeit aufkommen.

Doch die Reisenden begegnen auf ihrem Weg auch Leuten, die fühlen wie sie. Im Gespräch miteinander wird ihnen klar, dass sie nicht allein sind. Sie werden zu Reisegefährten, lassen sich gegenseitig an den Lösungen teilhaben, die sie für die Überwindung von Hindernissen auf dem Weg gefunden haben. Und gemeinsam stellen sie fest, dass sie klüger und lebendiger sind, als sie gedacht hatten.

Wenn sie dann in ihren Zelten liegen und vor lauter Sorgen und Zweifeln nicht schlafen können, sagen sie sich: ›Morgen, und erst morgen, mache ich den nächsten Schritt. Denn inzwischen kenne ich den Weg und kann jederzeit umkehren. Ein Schritt mehr ist noch nicht die Welt.‹

Bis die Hindernisse weniger werden, mit denen der Weg den Reisenden auf die Probe stellt. Worauf seine Sorgen verfliegen und er sich an der Landschaft und den Herausforderungen, die sie an ihn stellt, zu erfreuen beginnt.

Und während er bisher gedankenlos immer weiter gegangen ist, so macht er jetzt jeden Schritt ganz bewusst. Und statt Sicherheit und Bequemlichkeit vorzugaukeln, lehrt ihn der Weg, Herausforderungen freudig anzunehmen.

Unterwegs ist ihm nie langweilig, doch irgendwann wird er müde. Dann macht er Rast, genießt die Landschaft und macht sich danach gestärkt wieder auf den Weg.

Und während er früher die Wege schlechtmachte, die er zu gehen fürchtete, beginnt er, sie jetzt zu lieben.

Selbst wenn er nicht weiß, wohin ihn diese letztlich führen. Sogar auf die Gefahr hin, manchmal eine falsche Entscheidung zu treffen. Gott, der seinen Mut sieht, wird ihm die Lösung eingeben, wie er seine Entscheidung korrigieren kann.

Was ihn jetzt noch beunruhigt, sind nicht die Ereignisse, sondern die Angst, nicht zu wissen, wie er damit umgehen soll. Hat er sich erst unwiderruflich für einen Weg entschieden, wächst in ihm auch der Wille, ihn durchzusetzen.

›Schwierigkeiten‹: Sie zeigen uns, wer wir wirklich sind.

Die religiösen Traditionen lehren, dass wir uns Gott nur durch den Glauben und durch Verwandlung nähern können.

Der Glaube zeigt uns, dass wir in keinem Augenblick allein sind.

Die Verwandlung lässt uns das Unbekannte und das Mysterium lieben.

Und wenn alles düster aussieht und wir uns hilflos fühlen, dann lasst uns nicht furchtsam zurückblicken und die Verwandlungen betrachten, die unsere Seele durchlaufen hat, sondern im Gegenteil beherzt nach vorn schauen.

Lasst uns nicht fürchten, was morgen geschieht, denn gestern hat auch jemand über unsere Schritte gewacht.

Und dieser Jemand wird stets an unserer Seite sein.

Seine Gegenwart wird uns vor Leid bewahren.

Oder uns die Kraft geben, uns diesem würdig zu stellen.

Und so schreiten wir immer weiter voran, viel weiter als ursprünglich geplant, immer auf der Suche nach dem Ort, an dem der Morgenstern aufgeht. Und wir stellen überrascht fest, dass er viel leichter zu erreichen ist, als wir gedacht hatten.

Der Todesengel kommt ebenso zu denen, die sich nicht verändern, wie zu denen, die sich verändern. Aber Letztere können sich wenigstens sagen: ›Ich habe ein interessantes Leben geführt und meine Segnungen nicht unnütz vertan.‹

Und jenen, die das Abenteuer scheuen, weil es Risiken birgt, sage ich: ›Versucht es einmal mit der Routine, sie ist garantiert tödlich.‹«

- Sportcamp junge Waisen
- Gemeinsame Erfahrung

MUT-Camp
hinter der Angst
verbirgt sich die
Freude

- Selbstwirksamkeit, Vertrauen, Glaube an dein authentisches Selbst & an die Schönheit des Lebens in allem was ist

- Kajak – Cliffdiven
- MTB
- Canyoning
- Klettern
- Hiken – Höhenmeter
  leichtes Klettern

- Lagerfeuer
- Tiere
- Baumfällen
- Brennholz machen
- Bauen

Und jemand bat:

»Wenn alles finster aussieht,
braucht es etwas, das uns neuen
Lebensmut verleiht. Also erzähle
uns etwas über die Schönheit.«

Und der Kopte sagte:

»Wir hören immer wieder den Satz: ›Nicht die äußere Schönheit ist wichtig, sondern die innere.‹ Aber das stimmt nicht.

Wäre es so, warum geben sich die Blumen dann so viel Mühe, um die Aufmerksamkeit der Bienen zu erlangen? Und warum sonst würden sich die Regentropfen in einen Regenbogen verwandeln, wenn die Sonne auf sie trifft?

Weil die Natur nach Schönheit strebt und erst dann zufrieden ist, wenn sie sie erreicht hat.

In der äußeren Schönheit wird die innere Schönheit sichtbar. Und sie zeigt sich im Leuchten in den Augen eines jeden Menschen. Egal, ob jemand schlecht gekleidet ist oder nicht dem entspricht, was gemeinhin als elegant gilt, oder sich auch einfach nicht die Mühe macht, andere zu beeindrucken. Die Augen sind der Spiegel der Seele, und sie spiegeln nicht nur Verborgenes wider, sondern sind auch ein Spiegel für diejenigen, die in sie blicken.

Daher wird jemand mit einer schwarzen Seele im Auge des anderen immer die eigene Hässlichkeit erblicken.

Schönheit ist in allem, was die göttliche Kraft geschaffen hat. Aber da wir Menschen uns oft von dieser Kraft gelöst haben, lassen wir uns vom Urteil anderer leiten.

Weil die anderen sie nicht erkennen können oder wollen, sehen wir unsere eigene Schönheit nicht. Und anstatt uns als die anzunehmen, die wir sind, ahmen wir andere nach.

Wir versuchen, dem zu entsprechen, was andere für schön halten. Und ganz allmählich verkümmert unsere Seele, unsere Willenskraft lässt nach und damit auch unser Talent, die Welt zu verschönern.

Wir vergessen, dass die Welt immer nur der Vorstellung entspricht, die wir von ihr haben.

Wir sind nicht mehr der Mondschein, sondern nur noch die Pfütze, in der er sich spiegelt und die ein sonniger Tag zum Verdunsten bringen kann.

Und all das nur, weil irgendwann jemand gesagt hat: ›Du bist hässlich.‹ Oder jemand anderes:

›Die andere dort ist hübsch.‹ Nur drei Worte haben uns um unser ganzes Selbstvertrauen gebracht.

Und das macht uns hässlich. Und bitter.

In solchen Augenblicken finden wir Trost in der sogenannten Vernunft, die aus einem Bündel von Vorstellungen besteht, das Menschen geschnürt haben, denen es darum geht, die Welt zu bestimmen und einzugrenzen, anstatt das Mysterium des Lebens zu achten. Im Namen der Vernunft werden dann die überflüssigen Regeln, Vorschriften und Maßnahmen eines Verhaltenskodexes festgelegt.

Und uns wird gesagt: ›Kümmere dich nicht um die Schönheit, denn sie ist oberflächlich und vergänglich.‹

Das stimmt nicht. Alles von Gott Geschaffene, von den Vögeln bis hin zu den Bergen, von den Blumen bis hin zu den Flüssen, spiegelt das Wunder der Schöpfung wider.

Wenn wir der Versuchung widerstehen, andere bestimmen zu lassen, wer wir sind, werden wir nach und nach die Sonne zum Strahlen bringen, die in unserer Seele wohnt.

Und wenn dann die Liebe vorbeikommt und

fragt: ›Warum bist mir nicht früher aufgefallen?‹, dann antwortet unsere Seele: ›Schau aufmerksamer hin, denn hier bin ich. Ein Windstoß musste erst einmal den Staub aus deinen Augen pusten, aber jetzt, wo du mich erkannt hast, verlasse mich nicht wieder, denn alle sehnen sich nach Schönheit.‹

Die Schönheit liegt nicht in der Gleichheit, sondern im Unterschied. Wir können uns keine Giraffe ohne einen langen Hals und keinen Kaktus ohne Stacheln vorstellen. Erst die Unregelmäßigkeit der Berggipfel, die uns umringen, macht sie eindrucksvoll. Würde Menschenhand allen die gleiche Form geben, würden sie kaum noch achtungsgebietend sein. Gerade das Unvollkommene erstaunt uns und zieht uns an.

Wenn wir eine Zeder anschauen, denken wir nicht: ›Die Zweige sollten alle gleich lang sein.‹ Wir denken: ›Sie ist stark.‹

Wenn wir eine Schlange sehen, denken wir nicht: ›Sie kriecht auf dem Boden, während ich aufrecht gehe.‹ Sondern: ›Sie ist zwar klein, aber dafür bunt, und ihre Bewegungen sind elegant, und sie ist stärker als ich.‹

Wenn ein Kamel uns quer durch die Wüste ans Ziel trägt, sagen wir auch nicht: ›Was hat es für hässliche Höcker und Zähne!‹, sondern: ›Es hat mich getreulich durch die Wüste getragen und verdient meine Anerkennung. Ohne es könnte ich die Welt nicht kennenlernen.‹

Der Sonnenuntergang ist immer schöner, wenn der Himmel von unregelmäßigen Wolken durchzogen ist, denn nur so kann er die vielen Farben widerspiegeln, aus denen die Träume und die Verse der Dichter gemacht sind.

Bedauernswert sind jene, die denken: ›Ich bin hässlich, und deshalb klopft die Liebe nicht an meine Tür.‹ Dabei hat die Liebe durchaus angeklopft, nur waren sie nicht bereit, sie hereinzulassen.

Sie wollten sich zuerst noch schnell schön machen, obwohl sie es bereits waren.

Oder sie versuchten wie die anderen zu sein, während die Liebe nach jemand Einzigartigem suchte.

Sie wollten etwas widerspiegeln, was von außen kam, und vergaßen dabei, dass das stärkste Licht von innen heraus kommt.«

Und ein junger Mann, der noch in derselben Nacht aufbrechen sollte, sagte:

»Ich habe nie gewusst, welchen Weg ich einschlagen soll.«

Und der Kopte sagte:

»So wie die Sonne sendet auch das Leben sein Licht in alle Richtungen.

Um Feuer zu machen, muss man die Strahlen der Sonne in einem Punkt bündeln. Wurde doch mit dem Feuer der Welt das große Mysterium der göttlichen Kraft offenbart. Es wärmt, wenn es brennt, aber es wird auch gebraucht, um aus Getreide Brot zu backen.

Wenn wir jung sind, wollen wir alles auf einmal und setzen wahllos die Kräfte ein, die uns gegeben wurden. Doch es kommt der Augenblick, in dem wir das innere Feuer bündeln müssen, damit unser Leben einen Sinn erhält.

Dann fragen wir uns: ›Was aber ist der Sinn des Lebens?‹

Einige weichen dieser Frage bewusst aus, denn sie stört, raubt einem den Schlaf, und sie lässt sich nicht leicht beantworten.

Es sind immer dieselben, die den morgigen Tag wie den gestrigen Tag leben.

Und wenn der Todesengel kommt, werden sie sagen: ›Mein Leben war zu kurz, ich habe meine Segnungen vergeudet.‹

Andere jedoch lassen die Frage zu. Aber da sie keine Antwort darauf haben, beginnen sie zu lesen, was jene geschrieben haben, die sich der Frage bereits gestellt haben. Und stoßen unversehens auf eine Antwort, die sie für richtig halten. Und übernehmen sie als ihre eigene. Sie schaffen Gesetze, mit denen sie anderen das aufzwingen wollen, was sie für den alleinigen Sinn des Lebens halten. Sie bauen Tempel, um diesem Lebenssinn zu huldigen, und Gerichte, um über jene zu richten, die ihren Wahrheitsanspruch nicht gutheißen.

Schließlich gibt es jene, die begreifen, dass diese Frage eine Falle ist, denn es gibt keine Antwort darauf.

Anstatt weiter Zeit damit zu vergeuden, beschließen sie zu handeln. Sie versetzen sich in ihre Kindheit zurück und versuchen herauszufinden, was sie damals begeistert hat. Und widmen, allen Ratschlägen der Älteren zum Trotz, diesem inneren Feuer ihr Leben.

Ganz allmählich wird ihnen klar, dass ihr Tun mit einer geheimnisvollen Absicht verbunden ist, die sich der menschlichen Erkenntnis entzieht. Und sie senken ehrfürchtig den Kopf vor dem Mysterium und beten darum, nicht von einem Weg abzukommen, den sie zwar nicht kennen, den sie aber des Feuers wegen gehen, das in ihrem Herzen brennt.

Sie folgen, sooft sie können, ihrer Eingebung und vertrauen auf die Disziplin, wenn die Eingebung sie im Stich lässt.

Sie wirken verrückt, und manchmal verhalten sie sich auch wie Verrückte. Aber sie sind nicht verrückt. Sie haben die wahre Liebe entdeckt und die Kraft des Willens.

Und nur die Liebe und der Wille offenbaren ihnen das Ziel und den Weg, den sie gehen müssen.

Der Wille ist klar wie Kristall, die Liebe rein und ihre Schritte ganz fest. Und auch wenn sie zweifeln und traurig sind, vergessen sie doch nie:

›Ich bin nur ein Werkzeug. Herr, erlaube mir, ein Werkzeug zu sein, das deinen Willen offenbart.‹

Sie haben sich für einen Weg entschieden, begreifen aber möglicherweise ihr Ziel erst, wenn sie vor dem Todesengel stehen. Darin liegt die Schönheit dessen, der, allein von der Begeisterung gelenkt, voranschreitet und das Mysterium des Lebens achtet: Sein Weg ist schön, und seine Bürde ist leicht.

Das Ziel kann groß oder klein sein, in weiter Ferne liegen oder gleich vor der Tür, er wird sich mit gebührendem Respekt auf die Suche machen. Er kennt die Bedeutung eines jeden Schrittes und weiß, wie viel Mühe und Üben er gekostet hat und wie viel Eingebung nötig war.

Er konzentriert sich nicht nur auf das Ziel, das er erreichen will, sondern achtet auch auf alles, was um ihn herum geschieht. Oft muss er innehalten, weil ihn die Kräfte verlassen.

Dann erscheint die Liebe und sagt: ›Du glaubst, dass du auf einen Punkt zugehst, dieser Punkt hat jedoch nur durch deine Liebe eine Daseinsberechtigung. Raste ein wenig, doch sobald du kannst, stehe auf, und gehe weiter. Denn seit er weiß, dass du auf dem Weg zu ihm bist, kommt der Punkt dir auch entgegen.‹

Derjenige, der die Frage vergisst, und derjenige, der sie beantworten will, und derjenige, der begreift, dass man statt fragen handeln muss – sie alle werden auf die gleichen Hindernisse stoßen und sich über die gleichen Dinge freuen.

Aber nur derjenige, der demütig und furchtlos den unergründlichen Plan Gottes annimmt, weiß, dass er auf dem richtigen Weg ist.«

Und eine Frau, die in die Jahre gekommen war und nie geheiratet hatte, meinte:

»Die Liebe ist nie zu mir gekommen.«

Und der Kopte sagte:

»Um die Worte der Liebe hören zu können, muss man zulassen, dass sie sich einem nähert.

Doch wenn sie sich uns nähert, fürchten wir uns vor dem, was sie uns zu sagen hat. Denn die Liebe ist frei und lässt sich weder durch unseren Willen noch durch unsere Taten zähmen.

Diese Erfahrung machen alle Liebenden, doch sie wollen es nicht wahrhaben. Sie glauben, die Liebe ließe sich durch Macht, Schönheit, Reichtum, Unterwürfigkeit, Tränen oder ein Lächeln verführen.

Aber wahre Liebe verführt weder, noch lässt sie sich verführen. Liebe verwandelt. Liebe heilt. Doch manchmal baut sie tödliche Fallen und zerstört den Menschen, der sich ihr ganz anheimgibt. Wie kann die Kraft, die die Welt bewegt und die Sterne an deren Platz hält, so aufbauend und zugleich so zerstörerisch sein?

Wir gehen immer davon aus, dass wir ebenso viel empfangen müssen, wie wir geben. Aber Menschen, die in der Erwartung lieben, zurückgeliebt zu werden, vergeuden nur ihre Zeit.

Die Liebe ist ein Akt des Glaubens, kein Tauschhandel.

Widersprüche lassen die Liebe wachsen. Auseinandersetzungen halten die Liebe an unserer Seite.

Das Leben ist zu kurz, um so wichtige Worte in unserem Herzen zu verschließen wie beispielsweise: ›Ich liebe dich.‹

Aber erwarte nicht, als Erwiderung dieselben Worte zu hören. Wir lieben, weil wir nicht anders können, als zu lieben. Denn ohne Liebe verliert das Leben seinen Sinn und hört die Sonne auf zu scheinen.

Eine Rose sehnt sich nach der Gesellschaft der Bienen, aber es kommt keine einzige. Und die Sonne fragt:

›Bist du's nicht allmählich leid zu warten?‹

›Ja, schon‹, antwortet die Rose, ›aber wenn sich meine Blütenblätter schließen, verwelke ich.‹

Daher lasst uns, selbst wenn sich die Liebe nicht einstellen will, offen für sie bleiben. Wenn die Einsamkeit uns zu erdrücken scheint, ist weiterzulieben die einzige Möglichkeit, diese Augenblicke durchzustehen.

Das höchste Ziel des Lebens ist zu lieben. Der Rest ist Schweigen.

Wir müssen lieben. Auch wenn es uns in das Land verschlägt, in dem die Seen aus Tränen gemacht sind. Oh, geheimer, mysteriöser Ort, Land der Tränen!

Tränen führen ein Eigenleben: Manchmal fließen sie, obwohl wir glauben, genug geweint zu haben, immer weiter. Oder sie versiegen unvermittelt, obwohl wir auf eine lange Wanderung durch ein Jammertal gefasst waren.

Weil es uns gelingt, unser Herz trotz allen Leids für die Liebe offen zu halten.

Weil wir gewahr werden, dass derjenige, der gegangen ist, weder die Sonne mitgenommen hat noch uns im Dunkeln sitzenließ. Er ist nur gegangen – und jedes Adieu trägt neue Hoffnung in sich.

Es ist besser, jemanden geliebt und ihn verloren zu haben, als nie geliebt zu haben.

Uns bleibt keine andere Wahl: Wir müssen in das Geheimnis dieser unbändigen Kraft eintauchen.

Natürlich können wir einwenden: ›Ich habe schon zu viel gelitten und weiß, dass auch diese Liebe nicht von Dauer sein wird‹, und so die Liebe von der Schwelle unseres Hauses vertreiben. Doch dadurch würden wir zu lebenden Toten.

In der Natur offenbart sich die Liebe Gottes. Was wir auch tun, er wird uns weiterlieben. Also lasst uns achten und begreifen, was die Natur uns lehrt.

Wir lieben, weil uns die Liebe befreit. Sie bringt uns dazu, Worte auszusprechen, die wir nicht einmal uns selber zu sagen wagten.

Sie bringt uns dazu, Entscheidungen zu treffen, die wir immer aufgeschoben hatten.

Sie lehrt uns, Nein zu sagen, ohne das Wort zu verteufeln.

Sie lehrt uns, Ja zu sagen, ohne Angst vor den Folgen zu haben.

Sie lässt uns alles vergessen, was man uns über die Liebe beigebracht hat, denn jede Begegnung ist anders und bringt ihr eigenes Maß an Qualen und Verzückungen mit sich.

Wir singen lauter, wenn der geliebte Mensch in weiter Ferne, und flüstern Gedichte, wenn er in der Nähe ist. Auch wenn er es nicht hört oder unserem Rufen und Flüstern keine Beachtung schenkt.

Wir verschließen nicht unsere Augen angesichts des Universums, nur um dann zu klagen, ›wie dunkel es doch ist‹. Wir halten die Augen offen im Wissen, dass das Licht uns dazu bringen kann, unerhörte Dinge zu tun. Das gehört mit zur Liebe.

Unser Herz ist offen für die Liebe, und wir geben es furchtlos hin, weil wir nichts mehr zu verlieren haben.

Doch dann entdecken wir beim Nachhausekommen, dass uns dort bereits jemand erwartet, der genau das sucht, was wir auch suchen, und mit uns die gleichen Ängste und Sehnsüchte teilt.

Denn die Liebe ist wie Wasser, das als Wolke in den Himmel steigt und von dort aus herunterschaut – im Bewusstsein, eines Tages wieder auf die Erde zurückzukehren.

Denn die Liebe ist wie die Wolke, die zu Regen wird und als solcher auf die Erde fällt und die Felder fruchtbar macht.

Liebe ist nur ein Wort, bis wir zulassen, dass sie mit voller Kraft von uns Besitz ergreift.

Liebe ist nur ein Wort, bis jemand kommt, der es mit Sinn erfüllt.

Gib nicht auf.

Gemeinhin öffnet erst der letzte Schlüssel im Schlüsselbund die Tür.«

Doch ein junger Mann hielt dem entgegen:

»Deine Worte in Ehren, doch letztlich haben wir keine Wahl. Unser Schicksal wird von unseren Lebensumständen bestimmt.«

Und ein alter Mann fügte hinzu:

»Ich kann die Zeit nicht zurückdrehen und die verpassten Gelegenheiten nachholen.«

Und der Kopte entgegnete:

»Was ich nun sagen werde, mag am Vorabend der Erstürmung unserer Stadt wenig nützlich erscheinen. Dennoch notiert euch meine Worte, und bewahrt sie in eurem Herzen, damit eines Tages alle erfahren, wie wir in Jerusalem gelebt haben.«

Der Kopte schwieg kurz und fuhr dann nachdenklich fort:

»Niemand kann die Zeit zurückdrehen, aber alle können voranschreiten.

Und morgen, wenn die Sonne aufgeht, braucht sich jeder nur immer wieder zu sagen:

›Ich werde diesen Tag so leben, als wäre er der erste meines Lebens.‹

Ich werde die Menschen um mich herum überrascht und staunend ansehen und froh darüber sein, dass sie an meiner Seite sind und etwas mit mir teilen, von dem alle reden, das aber nur selten jemand versteht – Liebe.

Ich werde die erste Karawane, die am Horizont auftaucht, bitten, mich ihr anschließen zu dürfen, ohne nach ihrem Ziel zu fragen. Und ich werde aufhören, ihr zu folgen, wenn etwas Interessanteres meinen Weg kreuzt.

Vielleicht komme ich unterwegs an einem Bettler vorbei, der mich um ein Almosen bittet. Vielleicht gebe ich ihm etwas, vielleicht gehe ich auch einfach weiter, weil ich nicht will, dass er sich mit dem Geld besäuft; ich höre ihn fluchen, mache mir aber nichts daraus.

Vielleicht komme ich aber auch an jemandem vorbei, der gerade versucht, eine Brücke niederzubrennen. Vielleicht greife ich ein, vielleicht aber auch nicht, denn vielleicht tut er es nur, weil ihn auf der anderen Seite niemand erwartet und er so seine Einsamkeit zu vertreiben versucht.

Ich werde alles und alle so ansehen, als wäre es das erste Mal – vor allem die kleinen Dinge, diejenigen, an die ich mich gewöhnt und deren Magie ich vergessen habe. Die Sandkörner in der Wüste beispielsweise, die sich wie von einer unsichtbaren Kraft angetrieben bewegen.

Auf das Stück Papyrus, das ich immer mit mir

führe, werde ich zur Abwechslung ein Gedicht schreiben, statt mir Dinge zu notieren, die ich nicht vergessen darf. Auch wenn ich dies nie zuvor getan habe und es vielleicht nie wieder tun werde, so habe ich jetzt doch einmal den Mut, meine Gefühle in Worte zu kleiden.

Wenn ich in ein Dorf komme, das ich bereits kenne, werde ich es auf einem anderen Weg betreten als sonst. Ich werde lächeln, doch die Dorfbewohner werden untereinander sagen: ›Er ist verrückt. Warum kommt er hierher? Krieg und die Zerstörung haben unser Ackerland unfruchtbar gemacht.‹ Aber ich werde weiterlächeln, denn mir gefällt der Gedanke, dass die anderen mich für verrückt halten. Das Lächeln ist meine Art zu sagen: ›Ihr könnt meinen Körper zerstören, aber nicht meine Seele.‹

Heute Abend werde ich, bevor ich aufbreche, meinen Stapel Papyri ordnen, wozu ich bisher keine Lust hatte. Und dabei werde ich auf Teile meiner Geschichte stoßen. Doch wer weiß, vielleicht ist unter den Briefen und Notizen etwas Interessantes, etwas, das mir Vergangenes erzählt oder auf Zukünftiges hinweist. Denn ich bin so weit gereist und so oft irgendwo angekommen und wieder fortgegangen.

Ich werde mein Lieblingshemd anziehen und zum ersten Mal darauf achten, wie es genäht ist, und werde mir die Hände dessen vorstellen, der den Stoff gewebt hat, und den Fluss, an dem die Baumwolle gewachsen ist. Ich werde begreifen, dass all diese unsichtbaren Dinge einen Teil der Geschichte meines Hemdes ausmachen.

Sogar meine Sandalen, die nach so vielem Tragen mit meinen Füßen fast wie verwachsen sind, werden darauf brennen, sich auf die Suche nach einem Geheimnis zu machen, das zu entdecken sich lohnt. Ich gehe in die Zukunft, und die Schrammen auf meinen Sandalen werden mir unterwegs gute Dienste leisten, indem sie mich an all die Male erinnern, in denen ich bereits gestrauchelt bin.

Möge alles, was meine Hand berührt, was meine Augen sehen, mein Mund kostet, sich jetzt anders anfühlen, anders aussehen, anders schmecken, obwohl es sich nicht verändert hat. So werden die Dinge keine tote Materie mehr sein und mir das Geheimnis verraten, weshalb sie schon so lange bei mir sind. Und sie werden mir zugleich das Wunder der Wiederbegegnung mit Gefühlen verschaffen, die von der Routine bereits verbraucht waren.

Ich werde einen Tee kosten, den ich noch nie getrunken habe und von dem alle sagen, er schmecke überhaupt nicht. Und ich werde durch eine Straße gehen, die alle uninteressant finden, und selbst herausfinden, ob ich dorthin zurückkehren möchte.

Falls morgen die Sonne scheint, möchte ich zu ihr hochschauen, als sähe ich sie zum ersten Mal.

Falls der Himmel bewölkt ist, möchte ich den Weg der Wolken verfolgen. Gewöhnlich fehlt mir dazu die Zeit, oder ich bin einfach nicht achtsam genug. Doch morgen werde ich mich auf die Sonnenstrahlen konzentrieren, auf die am Himmel dahinziehenden Wolken und die Schatten, die sie werfen. Ich werde den Himmel betrachten, für dessen Existenz die Menschheit aufgrund jahrtausendelanger Beobachtung bereits eine ganze Reihe vernünftiger Erklärungen gefunden hat.

Doch ich will alles, was ich über die Sterne gelernt habe, wieder vergessen, damit sie in meiner Vorstellung wieder zu Engeln oder zu Kindern oder zu all dem werden können, was ich dann glauben möchte.

Die Zeit und das Leben haben alles vollkommen erklärbar gemacht – ich aber brauche das Mysterium, den Donner, der die Stimme eines zornigen Gottes ist, obwohl dies viele hier für gotteslästerlich halten.

Ich möchte, dass wieder Fantasie in mein Leben einzieht, möchte mir die Dinge neu vorstellen können, weil ein zorniger Gott viel überraschender, erschreckender und interessanter ist als ein Phänomen, das mir kluge Leute erklären.

Ich werde zum ersten Mal lächeln, ohne mich schuldig zu fühlen, denn Lächeln ist keine Sünde.

Ich werde zum ersten Mal alles meiden, was mir Leid verursacht, denn Leiden ist keine Tugend.

Ich werde mich nicht über mein Leben beklagen und darüber, dass sich nie etwas ändert. Denn ich werde den morgigen Tag erleben, als wäre er der erste, und werde in seinem Verlauf vieles entdecken, von dessen Existenz ich bisher nichts geahnt habe.

Die Menschen, die ich unzählige Male mit einem ›Guten Morgen‹ begrüßt habe, werde ich morgen anders grüßen. Mein Gruß wird eine Segnung sein, die mit dem Wunsch verbunden ist, dass alle auch angesichts des bevorstehenden Unglücks begreifen mögen, welch großes Geschenk es ist, am Leben zu sein.

Ich werde auf das Lied des Straßensängers achten, dem niemand zuhört, weil die Vorübergehenden vor lauter Angst ganz niedergedrückt sind. Er singt: ›Die Liebe regiert, doch niemand weiß, wo ihr Thron steht. Um den geheimen Ort zu finden, muss ich mich ihr zuerst einmal unterwerfen.‹

Und ich werde den Mut aufbringen, die Tür zum Heiligtum meiner Seele zu öffnen.

Und ich werde auch mich selbst mit anderen Augen ansehen, als würde ich zum ersten Mal mit meinem Körper und meiner Seele in Kontakt treten.

Und ich werde mich akzeptieren, wie ich bin. Als einen Menschen, der geht, fühlt, redet wie jeder andere auch und der – trotz seiner Fehler – etwas wagt.

Und ich werde über meine einfachsten Gesten staunen, so als würde ich mit einem Fremden sprechen. Über meine alltäglichsten Empfindungen, wie beispielsweise das Prickeln des Sandes auf meinem Gesicht, den der Wind aus Bagdad herüberweht. Oder über die zärtlichsten Augenblicke, wie wenn ich meine Frau im Schlaf betrachte und mich frage, was sie wohl gerade träumt.

Liege ich allein im Bett, werde ich ans Fenster

treten, in den Himmel blicken und die Gewissheit haben, dass Einsamkeit eine Lüge ist und dass das ganze Universum mir Gesellschaft leistet.

Nur so werde ich der bleiben, der ich bin und der ich gern sein würde: eine ständige Überraschung für mich selbst. Ein Mensch, der weder von seinen Eltern noch durch deren Erziehung geschaffen wurde, sondern durch alles, was er bis heute erlebt hat, was er vergessen hat und jetzt wiederentdeckt. Und selbst wenn dies mein letzter Tag auf Erden sein sollte, werde ich ihn ganz auskosten, weil ich ihn mit der Unschuld eines Kindes erleben werde, als täte ich alles zum ersten Mal.«

Und die Ehefrau eines Händlers bat:
»Sprich zu uns über Sex.«

Und der Kopte antwortete:

»Männer und Frauen sprechen nur im Flüsterton über körperliche Liebe, denn in der Welt, in der wir heute leben, ist ein ursprünglich heiliger Akt etwas Sündiges geworden.

Doch auf die Dauer ist es gefährlich, die Wirklichkeit zu verleugnen. Ungehorsam kann durchaus auch eine Tugend sein, wenn wir ihn zu nutzen wissen.

Allein die Vereinigung von zwei Körpern ist noch keine körperliche Liebe, sondern nur Lust.

Doch wahre körperliche Liebe ist viel mehr als nur Lust. In ihr gehen Anspannung und Entspannung, Schmerz und Freude, Schüchternheit und die Kühnheit Hand in Hand, um Grenzen zu überschreiten.

Sind so viele Gegensätze miteinander vereinbar?

Es gibt nur ein Mittel: durch Hingabe.

Denn Hingabe bedeutet: ›Ich vertraue dir.‹

Es reicht nicht, sich alles nur vorzustellen, was geschehen *könnte*, wenn wir erlauben würden, dass sich nicht nur unsere Körper, sondern auch unsere Seelen vereinigen.

Machen wir uns also gemeinsam auf den gefährlichen Weg der Hingabe. Er ist zwar gefährlich, aber der einzige.

Mag dies auch in unserer Welt manches auf den Kopf stellen, so gewinnen wir doch die vollkommene Liebe nur, wenn wir die Pforte zwischen Körper und Geist öffnen.

Vergessen wir, was uns beigebracht wurde: dass es edel ist zu geben und erniedrigend zu empfangen.

Denn für die meisten Menschen bedeutet Großzügigkeit nur Geben. Aber etwas zu empfangen ist auch ein Akt der Liebe: zuzulassen, dass der andere Mensch uns glücklich macht – und dass dies ihn ebenfalls beglückt.

Wenn wir bei der körperlichen Liebe zu selbstlos sind und unsere Sorge hauptsächlich unserem Partner gilt, kann das dazu führen, dass unsere Lust abklingt oder gar vollständig verschwindet.

Wenn wir jedoch imstande sind, mit der gleichen Intensität zu geben und zu empfangen, spannt sich der Körper an wie die Bogensehne eines Schützen. Zugleich aber entspannt sich der Geist wie kurz vor dem Abschuss des Pfeils, und das Herz übernimmt die Kontrolle.

Körper und Seele begegnen sich, und die göttliche Kraft breitet sich aus – nicht nur in den der Lust zugeordneten Körperteilen, sondern bis in unsere Haarspitzen und in jeden Zentimeter Haut, sodass wir zu glühen beginnen.

Alles Spirituelle wird jetzt sichtbar, alles Sichtbare verwandelt sich in spirituelle Kraft.

Alles ist erlaubt, sofern beide es zulassen.

Die Liebe ist es manchmal leid, immer nur eine sanfte Sprache zu sprechen. Sie soll ruhig auch einmal stürmisch sein dürfen und lichterloh brennen. Gibt sich einer der Partner ganz und gar hin, wird der andere es ihm gleichtun. Die Scham wird überwunden, und Neugier tritt an ihre Stelle. Und die Neugier lässt uns all das erforschen, was wir bislang in uns nicht vermutet hatten.

Versucht, die körperliche Liebe als ein Ritual der Verwandlung zu sehen. Wie in jedem Ritual ist die Ekstase gegenwärtig und glorifiziert das Ende – sie ist aber nicht das einzige Ziel.

Das Wichtigste daran ist, uns mit unserem Partner auf unbekanntes Terrain zu wagen.

Behandle Heiliges als heilig. Und falls dich Zweifel überkommen, dann vergiss nicht: Wir sind in solchen Augenblicken nicht allein – beide Beteiligten fühlen das Gleiche.

Öffne ohne Furcht das Kästchen deiner geheimen Fantasien. Der Mut des einen wird die Kühnheit des anderen anstacheln.

Wahre Liebende können so den Garten der Schönheit betreten, ohne sich vor Bloßstellung fürchten zu müssen. Sie werden nicht mehr einfach zwei Körper und zwei Seelen sein, die einander gefunden haben, sondern eine einzige Quelle, aus der das wahre Wasser des Lebens fließt.

Die Sterne werden auf ihre nackten Körper herabscheinen, und sie werden sich nicht schämen. Vögel werden über sie hinwegfliegen, und die Liebenden werden singen wie sie. Wilde Tiere werden sich ihnen vorsichtig nähern, denn was sie zu sehen bekommen, ist noch wilder, als sie es sind. Und sie werden respektvoll den Kopf senken.

Und die Zeit wird aufhören zu sein. Denn im Land der Lust, die aus wahrer Liebe entstand, ist alles unendlich.«

Und einer der Kämpfer, der, obwohl er sich innerlich auf den Tod am nächsten Tag vorbereitete, in den Hof gekommen war, um zu hören, was der Kopte zu sagen hatte, meinte:

»Obwohl wir die Einheit wollten, wurden wir gespalten. Die Städte, die auf dem Weg der eindringenden Heere liegen, haben unter den Folgen eines Krieges gelitten, den sie nicht gewollt haben. Was sollen die Überlebenden ihren Kindern sagen?«

Und der Kopte antwortete:

»Wir werden allein geboren und sterben allein. Aber solange wir auf der Erde sind, müssen wir zu unserem gemeinsamen Glauben stehen.

Die Gemeinschaft ist das Leben: Sie macht uns fähig zu überleben. Das war schon so, als wir die Höhlen bewohnten, und ist auch heute noch so.

Achte jene, die mit dir zusammen gelernt haben. Achte jene, die deine Lehrer waren. Wenn die Zeit gekommen ist, dann erzähle deine Geschichte, und werde du zum Lehrer – so können die Gemeinschaft und die Traditionen fortbestehen.

Wer Freude und Niedergeschlagenheit nicht mit den anderen Menschen teilt, wird niemals seine eigenen Fähigkeiten und Fehler erkennen.

Also sei immer wachsam, was die Gefahr betrifft, die alle Gemeinschaften bedroht: Menschen neigen dazu, sich alle gleich zu verhalten, wobei ihnen die eigene Unvollkommenheit, ihre Ängste und Vorurteile als Richtschnur dienen.

Sie glauben, um akzeptiert zu werden, müssten sie allen gefallen. Doch damit zahlen sie einen hohen Preis.

Und es ist kein Liebesbeweis für die Gemeinschaft. Es ist ein Beweis fehlender Selbstliebe.

Nur der wird geliebt und geachtet, der sich selber liebt und achtet. Versuche nie, allen zu gefallen, oder du wirst die Achtung aller verlieren.

Suche dir Verbündete und Freunde unter Leuten, die überzeugt sind von dem, was sie tun und wer sie sind.

Ich sage nicht: Suche dir jemanden, von dem du annimmst, dass er ist wie du. Ich sage: Suche jemanden, der anders denkt und den du niemals davon überzeugen kannst, dass du recht hast.

Denn die Freundschaft ist eine der vielen Gesichter der Liebe, und die Liebe lässt sich nicht von Meinungen bestimmen. Sie akzeptiert den Gefährten vorbehaltlos, denn jeder wächst auf seine Weise.

Die Freundschaft ist ein Akt des Glaubens an einen anderen Menschen und kein Akt der Selbstaufgabe.

Versuche nicht, von jemandem um jeden Preis geliebt zu werden, denn die Liebe hat keinen Preis.

Nicht diejenigen sind deine Freunde, die dir schmeicheln und sagen: ›Es gibt in ganz Jerusalem niemanden, der besser, großzügiger, fähiger ist als du.‹

Es sind jene, die nicht darauf warten, dass etwas geschieht, um dann zu entscheiden, wie sie sich verhalten sollen. Sie entscheiden sich, während sie handeln, im Wissen um das damit verbundene Risiko.

Es sind Menschen, die so frei sind, dass sie auch umkehren und neue Wege beschreiten, wenn die Umstände es erfordern. Anschließend erzählen sie dann von ihren Abenteuern und lassen damit ihr Dorf oder ihre Stadt an ihren Erfahrungen teilhaben.

Wenn sie einem gefährlichen, falschen Weg gefolgt sind, werden sie dir niemals sagen: ›Tu das ja nicht!‹, sondern nur: ›Ich bin einem gefährlichen, falschen Weg gefolgt.‹

Denn sie achten deine Freiheit genauso wie du die ihre.

Und meide auch jene, die dir nur in traurigen Augenblicken mit Trostworten zur Seite stehen.

Denn was sie damit eigentlich ausdrücken, ist: ›Ich bin stärker als du. Ich bin klüger als du. Ich hätte diesen Schritt nie getan.‹

Halte dich lieber an jene, die in glücklichen Stunden bei dir sind. Denn ihre Seelen kennen weder Eifersucht noch Neid, nur Freude darüber, dich glücklich zu sehen.

Meide jene, die sich für stärker halten. Denn in Wahrheit sind sie schwächer als du.

Halte dich vielmehr an jene, die sich ihrer Verletzlichkeit nicht schämen. Denn sie sind selbstbewusst und wissen, dass jeder irgendwann einmal strauchelt, und sehen das nicht als Zeichen von Schwäche, sondern als Ausdruck von Menschlichkeit.

Meide jene, die viel reden, bevor sie handeln, jene, die niemals einen Schritt getan haben, ohne vorher sicher zu sein, dafür gelobt zu werden.

Halte dich vielmehr an jene, die dir, wenn du dich irrtest, niemals gesagt haben: ›Ich hätte das anders gemacht.‹ Denn wenn sie etwas nicht getan haben, können sie darüber auch kein Urteil fällen. Halte dich vielmehr an jene, die nur eine einzige Tür zu öffnen versuchen: diejenige ihres Herzens. Und die niemals ohne Erlaubnis in deine Seele eindringen und die niemals diese geöffnete Tür ausnutzen werden, um einen tödlichen Pfeil auf dich abzuschießen.

Freundschaft ist wie ein Fluss, der die Felsen umfließt, sich Tälern und Bergen anpasst, manchmal zum See wird, bis die Niederung gefüllt ist und er seinen Weg fortsetzen kann.

Denn so wie ein Fluss nicht vergisst, dass das Meer sein Ziel ist, wird die Freundschaft nicht vergessen, dass ihre einzige Daseinsberechtigung ist, den Freunden Liebe zu zeigen.

Meide jene, die sagen: ›Halt, hier geht's nicht weiter.‹ Denn jene begreifen nicht, dass nicht einmal das Leben noch der Tod ein Ende sind, sondern nur Etappen der Ewigkeit.

Halte dich vielmehr an jene, die sagen: ›Auch wenn alles gut ist, müssen wir weitergehen.‹ Denn sie wissen, dass man immer bis hinter den bekannten Horizont gehen muss.

Meide jene, die sich zusammensetzen, um ernsthaft und voller Geltungsbedürfnis die Entscheidungen zu diskutieren, die die Gemeinschaft treffen müsste. Sie verstehen etwas von Politik, glänzen vor den anderen und versuchen, Klugheit zu zeigen. Aber sie begreifen nicht, dass es unmöglich ist, auch nur die Kontrolle darüber zu behalten, ob ein einziges Haar ausfällt. Disziplin ist wichtig, aber es müssen Türen und Fenster offen gehalten werden für die Intuition und das Unerwartete.

Tue dich mit jenen zusammen, die singen, Geschichten erzählen, das Leben genießen und freudig blicken. Denn die Freude ist ansteckend, und es gelingt ihr immer, eine Lösung zu finden, wo Logik nur die Erklärung eines Fehlers liefern kann.

Halte dich stattdessen lieber an jene, die zulassen, dass das Licht der Liebe sich ungehindert offenbart, ohne zu werten, ohne Hoffnung auf Belohnung und ohne Angst, missverstanden zu werden.

Gleichgültig, wie du dich fühlst, stehe jeden Morgen auf, und schicke dich an, dein Licht anzuzünden.

Diejenigen, die nicht blind sind, werden dein Strahlen sehen und davon bezaubert sein.«

Und ein Mädchen, das selten das Haus verließ, weil es sich selbst für langweilig hielt, sagte:

»Sprich zu uns über Eleganz, Anmut und Vornehmheit!«

Auf dem Platz begannen die Leute zu murren: Wie konnte man so eine Frage am Vorabend der Einnahme der Stadt durch die Kreuzritter stellen, wo doch Blut durch alle Straßen fließen würde?
Doch der Kopte lächelte – und sein Lächeln war nicht abschätzig, sondern voller Achtung angesichts des Mutes des jungen Mädchens.

Und er sagte:

»Eleganz wird häufig mit Oberflächlichkeit und gutem Aussehen verwechselt. Was ein großer Irrtum ist. Obwohl sie alle aus Buchstaben bestehen, können Wörter doch völlig unterschiedlich sein: elegant, Anstand ausdrückend, verletzend oder gar zerstörend. Es gibt Blumen, die wachsen auf dem Feld zwischen hohen Gräsern und sind doch elegant und anmutig. Die Gazelle, die vor dem Löwen flieht, tut dies mit Eleganz und Anmut.

Eleganz ist nichts Äußerliches, sondern in ihr wird ein Teil der Seele sichtbar.

Und selbst in noch so stürmischen Leidenschaften sorgen Eleganz und Anstand dafür, dass das, was die wahren Bindungen zwischen zwei Menschen ausmacht, nicht zerrissen wird.

Eleganz liegt nicht in den Kleidern, die wir tragen, sondern darin, wie wir sie tragen.

Eleganz liegt nicht in der anmutigen Weise, mit der wir das Schwert ergreifen, sondern im Anstand, mit dem wir den Dialog führen, der einen Krieg verhindern kann.

Eleganz oder Anmut ist dann erreicht, wenn alles Überflüssige abgelegt wird und der Mensch die Einfachheit und die Konzentration entdeckt: Je einfacher und sparsamer die Bewegung, desto schöner.

Und was ist Einfachheit? Es ist die Begegnung mit den wahren Werten des Lebens.

Der Schnee ist schön, weil er nur weiß ist. Das Meer ist schön, weil es wie eine glatte Oberfläche wirkt. Die Wüste ist schön, weil sie wie ein Feld aus Sand und Felsen wirkt.

Die einfachen Dinge im Leben sind die außergewöhnlichsten. Lass zu, dass sie sich offenbaren.

Seht die Lilien auf dem Felde, wie sie wachsen: Sie arbeiten nicht und spinnen nicht und sind doch schöner als Salomos schönste Kleider.

Je mehr sich das Herz der Einfachheit nähert, umso eher wird es imstande sein, ohne Vorbehalte und Angst zu lieben. Je geringer seine Angst ist, umso eher wird es imstande sein, Eleganz,

Anmut, Anstand und Vornehmheit in jeder kleinen Geste zu zeigen.

Eleganz ist keine Frage des Geschmacks. Jede Kultur hat ihren eigenen Schönheitsbegriff, der häufig ganz anders ist als der unsrige.

Aber alle Volksstämme, Völker halten Eleganz in der Form von Anstand hoch: Gastfreundschaft, Respekt, Höflichkeit.

Arroganz zieht Hass und Missgunst an. Eleganz als Anstand weckt Respekt und Liebe.

Arroganz lässt uns unseren Nächsten erniedrigen. Eleganz als Anstand lehrt uns, im Licht zu gehen.

Arroganz schafft komplizierte Wörter, weil sie findet, dass Intelligenz nur wenigen Erwählten vorbehalten ist. Eleganz als Klarheit verwandelt komplexe Gedanken in etwas, das alle verstehen können. Jeder Mensch, der den Weg geht, den er erwählt hat, schreitet voller Anmut voran und verbreitet Licht ringsum. Seine Schritte sind fest, sein Blick klar, seine Bewegungen schön. Selbst in schwierigen Augenblicken können seine Feinde in ihm keine Zeichen der Schwäche erkennen, denn Eleganz als Anmut und Vornehmheit schützt ihn. Eleganz wird akzeptiert und bewundert, weil sie unangestrengt ist.

Nur die Liebe gibt dem, was zuvor nicht einmal geträumt werden konnte, eine Form.

Und nur die Eleganz erlaubt, dass diese Form sich offenbart.«

Und ein Mann, der seine Herden immer in aller Frühe auf die Weide außerhalb der Stadt führte, meinte:

»Du hast studiert, um schöne Dinge sagen zu können, wir aber müssen unsere Familien ernähren.«

Und der Kopte antwortete:

»Schöne Worte werden von Dichtern gesagt. Und dereinst wird jemand schreiben:

Ich schlief und träumte, das Leben wäre
Freude,
Ich erwachte und sah, das Leben war Pflicht;
Ich handelte – und siehe:
Die Pflicht war Freude.

In der Arbeit zeigt sich die alle Menschen vereinende Liebe. Durch sie entdecken wir, dass wir alle einander brauchen und ohne einander nicht leben können.

Es gibt zwei Arten von Arbeit.

Zum einen die Arbeit, die wir notgedrungen tun, weil wir schließlich von etwas leben müssen. Bei dieser Art von Arbeit verkaufen die Menschen nur ihre Zeit, und ihnen ist nicht bewusst, dass diese niemals zurückgekauft werden kann.

Ihr ganzes Leben lang träumen sie von dem Tag, an dem sie endlich ausruhen können. Ist dieser Tag gekommen, sind sie jedoch zu alt, um all das zu genießen, was das Leben bieten kann. Diese Menschen werden niemals Verantwortung für ihr Tun übernehmen: ›Ich habe keine Wahl.‹

Aber es gibt noch eine weitere Art von Arbeit, die die Menschen verrichten, um ihr tägliches Brot zu verdienen, die sie aber mit Hingabe und Nächstenliebe zu tun versuchen.

Diese Art von Arbeit nennen wir Liebesgabe. Zwei Menschen können das gleiche Gericht kochen, mit den gleichen Zutaten, aber einer hat sich beim Kochen Mühe gegeben, während der andere sich nur den Bauch vollschlagen wollte. Obwohl Liebe weder sichtbar noch messbar ist, wird das Ergebnis völlig unterschiedlich sein.

Je mehr Liebe er anderen gibt, umso mehr Liebe wird er selber empfinden.

Als die göttliche Kraft das Universum in Bewegung setzte, haben alle Planeten und Sterne, alle Meere und Wälder, alle Täler und Berge die Gelegenheit erhalten, aktiv an der Ausgestaltung der Schöpfung teilzuhaben. Und das Gleiche geschah mit den Menschen.

Einige sagten: ›Wir wollen das nicht, denn wir werden, was falsch ist, nicht berichtigen können und Unrecht nicht bestrafen.‹

Andere sagten: ›Ich werde im Schweiße meines Angesichts mein Feld bewässern, und das wird meine Art sein, den Schöpfer zu preisen.‹

Doch dann kam der Dämon und flüsterte mit honigsüßer Stimme: ›Du wird diesen Felsbrocken jeden Tag zum Gipfel des Berges tragen, und wenn du dort angekommen bist, wird er wieder hinunterrollen.‹

Und all jene, die den Worten des Dämons glaubten, sagten: ›Das Leben hat keinen anderen Sinn, als immer nur dieselbe Aufgabe zu wiederholen.‹

Doch jene, die dem Dämon nicht glaubten, entgegneten: ›Dann werde ich eben den Stein lieben, den ich jeden Tag auf den Gipfel des Berges tragen muss. So wird jede Minute mit ihm eine Minute an der Seite dessen sein, was ich liebe.‹

Die Liebesgabe ist ein Gebet ohne Worte. Und wie jedes Gebet verlangt sie Disziplin – eine Disziplin, die nicht Unterwerfung ist, sondern frei gewählt.

Es nützt nichts zu sagen: ›Das Schicksal war ungerecht zu mir. Während einige ihre Träume verwirklichen, mache ich hier nur meine Arbeit und verdiene meinen Lebensunterhalt.‹

Das Schicksal ist zu niemandem ungerecht. Wir sind alle frei, zu lieben oder zu hassen, was wir tun.

Wenn wir lieben, finden wir in unserem alltäglichen Tun die Freude jener, die eines Tages aufgebrochen sind, um ihre Träume zu verwirklichen.

Niemand kann die Bedeutung und Größe dessen ermessen, was er tut. Darin liegen das Geheimnis und die Schönheit der Liebesgabe: Sie ist die Mission, die uns anvertraut wurde, und wir müssen ihr vertrauen.

Der Bauer kann pflanzen, aber er kann der Sonne nicht sagen: ›Scheine heute Morgen stärker.‹ Er kann den Wolken nicht sagen: ›Lasst es heute Nachmittag regnen.‹ Er kann nur tun, was er tun *kann,* das Feld pflügen, die Saat ausbringen und durch Kontemplation die Gabe der Geduld erlernen.

Und wenn er sieht, dass seine Ernte verdorben ist und all seine Arbeit umsonst war, wird er Augenblicke der Verzweiflung durchleben. Doch auch derjenige, der aufgebrochen ist, um seinen Traum zu verwirklichen, wird Augenblicke durchleben, in denen er seine Wahl bereut, nur noch heimkehren wollen und eine Arbeit finden, die ihm erlaubt, von ihr zu leben.

Doch schon am nächsten Tag wird das Herz dessen, der arbeitet, oder dessen, der ausgezogen ist, um seine Träume zu verwirklichen, wieder hochgestimmt sein. Beide werden wieder Vertrauen haben, und beide werden die Früchte ihrer Liebesgabe sehen – und sich daran erfreuen.

Denn beide singen das gleiche Lied: das Lied der Freude an der Aufgabe, die ihnen anvertraut wurde.

Ohne den Hirten würde der Dichter verhungern.

Und ohne den Dichter würde der Hirte vor Traurigkeit sterben, da er die Verse des Dichters nicht singen könnte.

Deine Liebesgabe ermöglicht deinen Mitmenschen, dich zu lieben.

Und du lernst deine Mitmenschen durch das zu lieben, was sie dir schenken.«

Geben & empfangen

Der Mann, der etwas über die Arbeit hatte wissen wollen, hakte noch einmal nach:

»Warum haben einige Menschen mehr Erfolg als andere?«

Und der Kopte antwortete:

»Erfolg beruht nicht auf der Anerkennung durch andere. Er ist die Frucht dessen, was du mit Liebe gepflanzt hast.

Ist die Zeit der Ernte gekommen, kannst du dir sagen: ›Ich habe es geschafft.‹

Du hast erreicht, dass deine Arbeit geachtet wird, weil du sie nicht nur getan hast, um von ihr leben zu können, sondern um den Mitmenschen deine Liebe zu zeigen.

Obwohl du nicht alle Fallen auf dem Weg voraussehen konntest, hast du es geschafft zu beenden, was du angefangen hast. Und wenn nach ersten Schwierigkeiten deine Begeisterung nachließ, dann hat dir deine Disziplin weitergeholfen. Und wenn die Disziplin wegen deiner Müdigkeit abzunehmen schien, hast du die Ruhezeiten dazu genutzt, dir deine weiteren Schritte zu überlegen.

Du hast dich nicht von Niederlagen lähmen lassen, die es im Leben all derer gibt, die etwas wagen. Wenn sich eine Idee als nicht umsetzbar erwies, hast du keine Gedanken an die Zeit verschwendet, die du verloren hast.

Und in ruhmreichen Augenblicken bist du nicht einfach stehen geblieben. Denn du hattest das Ziel ja noch nicht erreicht.

Und wenn du nicht umhinkamst, um Hilfe zu bitten, hast du dich dadurch nicht gedemütigt gefühlt. Und wenn du erfahren hast, dass jemand Hilfe brauchte, hast du ihm mit all deinem Wissen geholfen, ohne dabei das Gefühl zu haben, Geheimnisse zu verraten oder ausgenutzt zu werden.

Denn wer da anklopft, dem wird aufgetan. Denn wer da bittet, dem wird gegeben.

Wer da tröstet, weiß, dass ihm Trost zuteilwerden wird.

Selbst wenn dies nicht zu dem Zeitpunkt geschieht, an dem man es erwartet, sieht man früher oder später die Früchte dessen, was man großzügig geteilt hat.

Der Erfolg kommt zu jenen, die keine Zeit damit vergeuden, ihr Tun mit dem anderer zu vergleichen. Sondern er kommt ins Haus dessen, der jeden Tag sagen kann: ›Ich habe mein Bestes gegeben.‹

Menschen, die nur den Erfolg suchen, werden ihn nur selten finden, denn er ist kein Ziel an sich, sondern die Folge von etwas.

Wer wie besessen sein Ziel verfolgt, wird blind für den Weg, den er einschlagen sollte. Und er verliert letztlich jede Lebensfreude.

Nicht jeder, der einen Haufen Gold besitzt, der so hoch ist wie der Hügel, den wir im Süden der Stadt sehen, ist reich. Reich ist derjenige, der in jeder Sekunde seines Lebens mit der Kraft der Liebe in Verbindung steht.

Man darf sein Ziel nicht aus den Augen verlieren, doch wenn man einen Berg erklimmt, sollte man hin und wieder stehen bleiben und die Aussicht genießen. Mit jedem eroberten Meter kann man weiter in die Ferne blicken und Dinge entdecken, die man zuvor nicht wahrgenommen hatte.

In solchen Augenblicken ist es wichtig, sich zu fragen: ›Stimmen meine Werte noch? Versuche ich nur, es den anderen recht zu machen, und tue ich, was sie von mir erwarten, oder bin ich wirklich davon überzeugt, dass meine Arbeit Ausdruck meiner Seele und meiner Begeisterung ist? Will ich um jeden Preis erfolgreich sein, oder kommt es mir vor allem darauf an, meine Tage mit Liebe zu füllen?‹

Wahrer Erfolg bedeutet, sein Leben zu bereichern, und nicht, seine Schatzkiste zu füllen.

Magst du auch sagen: ›Ich werde mein Geld nutzen, um zu säen, zu pflanzen und mit meiner Ernte den Speicher zu füllen, damit es mir an nichts mangelt‹, am Ende kommt trotzdem der Todesengel, und all deine Mühen werden vergebens gewesen sein.

Versuche nicht, den Weg abzukürzen, sondern gehe ihn so, dass dadurch die Erde fruchtbarer und die Landschaft schöner wird.

Versuche nicht, Herr der Zeit zu sein. Erntest du die Früchte, die du gepflanzt hast, zu früh, sind sie grün und werden niemandem Freude bereiten. Wenn du aus Angst oder Unsicherheit dein Opfer zu spät darbringst, werden die Früchte verfault sein.

Also halte die Zeit zwischen Aussaat und Ernte ein.

Und warte auf das Wunder der Verwandlung.

Solange das Getreide noch nicht gebacken ist, kann es nicht Brot genannt werden.

Solange die Worte in der Kehle festsitzen, können sie nicht Gedicht genannt werden.

Solange die Fäden vom Weber oder von der Weberin nicht verwoben sind, können sie nicht Tuch genannt werden.

Wenn der Augenblick gekommen ist, den anderen deine Liebesgabe zu zeigen, werden alle staunen und einander sagen: ›Das ist ein erfolgreicher Mann, denn alle wollen die Früchte seiner Arbeit.‹

Niemand wird fragen, was es dich gekostet hat, sie zu erringen. Denn wenn etwas mit Liebe gemacht wurde, ist dessen Schönheit so überwältigend, dass die Mühen nicht mehr erkennbar sind. Wie der Akrobat vermeintlich mühelos durch den Raum fliegt, so scheint der Erfolg, wenn er kommt, das Natürlichste der Welt zu sein.

Würde dich aber jemand fragen, wie du es zum Erfolg gebracht hast, wäre die Antwort: Ich habe oft daran gedacht aufzugeben, ich glaubte immer wieder, Gott würde mich nicht mehr erhören, ich habe mehrfach die Richtung wechseln müssen und mich gelegentlich auch verlaufen. Dennoch bin ich auf meinen Weg zurückgekehrt und bin ihn weitergegangen, weil ich davon überzeugt war, dass ich mein Leben anders nicht würde leben können.

Ich habe gelernt, über welche Brücken ich gehen und welche ich für immer zerstören muss.

Ich bin Dichter, Bauer, Künstler, Soldat, Priester, Kaufmann, Lehrer, Politiker, Weiser und auch derjenige, der sich um Haus und Kinder kümmert.

Viele Menschen sind berühmter als ich, und häufig ist ihre Berühmtheit auch verdient. Oft aber ist sie nur ein Ausdruck der Eitelkeit oder des Ehrgeizes und wird nicht lange anhalten.

Was ist Erfolg?

Wenn man jeden Abend beim Einschlafen mit sich im Reinen ist – das ist Erfolg.«

Ausbildung durchziehen.
↳ Verbesserungen:
- 1 Lerntag pro Woche
- Prüfung vll schon im Winter??
- Projekt Van -> jetzt beste Zeit

↳ SIDEQUEST Waisenkinder
langsam starten, in Erfahrung bringen, ob gebraucht/realistisch

↳ Mit Leuten reden

Und Almira, die noch daran glaubte, dass ein Heer von Engeln und Erzengeln vom Himmel herabkommen würde, um die Heilige Stadt zu schützen, bat:

»Sprich zu uns über Wunder.«

Und der Kopte antwortete:

»Was ist ein Wunder?

Wir können es auf vielerlei Weisen definieren: etwas, das gegen die Gesetze der Natur verstößt, unerwartete Hilfe in tiefer Krise, Heilungen und Visionen, für unmöglich gehaltene Begegnungen, Rettung im Angesicht des Todes.

All dies stimmt. Aber ein Wunder ist noch viel mehr als das: Es ist etwas, das unsere Herzen spontan mit Liebe erfüllt. Wenn dies geschieht, empfinden wir eine tiefe Ehrfurcht vor der Gnade, die Gott uns gewährt hat.

Unser tägliches Wunder gib uns heute, Herr. Selbst wenn wir nicht imstande sind, es zu erkennen, weil unser Verstand auf große Taten und Eroberungen gerichtet ist. Selbst wenn wir zu sehr in unserem Alltag verhaftet sind, um zu bemerken, wie unser Weg durch das Wunder verändert wurde.

Und wenn wir einsam und niedergeschlagen sind, hilf uns, unsere Sinne für das Leben um uns herum offen zu halten: die Blume, die erblüht, die Sterne am Himmel, den fernen Gesang eines Vogels oder die nahe Stimme eines Kindes.

Und hilf uns zu begreifen, dass es bestimmte Dinge gibt, die so wichtig sind, dass wir sie ganz allein entdecken müssen.

Und hilf uns, dass wir uns nicht allein und schutzlos fühlen: Denn du bist an unserer Seite und bereit einzugreifen, wenn unser Fuß sich gefährlich dem Abgrund nähert.

Und hilf uns, trotz aller Angst voranzuschreiten und trotz unseres Bedürfnisses, alles erklären zu wollen, das Unerklärliche hinzunehmen. Hilf uns, die Kraft der Liebe zu verstehen, die in ihrer Widersprüchlichkeit liegt. Denn die Liebe bleibt nur erhalten, wenn sie sich verändert und uns vor immer neue Herausforderungen stellt.

Und hilf uns jedes Mal, wenn wir den Demütigen erhöht und den Hochmütigen erniedrigt sehen, auch darin ein Wunder zu erkennen.

Hilf uns, wenn unsere Beine müde sind, mit der Kraft unseres Herzens voranzuschreiten. Hilf uns, wenn unser Herz müde geworden ist, mit der Kraft des Glaubens weiterzugehen.

Hilf uns, in jedem Sandkorn der Wüste das Wunder der Vielfalt zu erkennen, und möge dies uns den Mut verleihen, uns selbst so anzunehmen, wie wir sind. Denn so wie es auf der ganzen Welt nicht zwei Sandkörner gibt, die miteinander identisch sind, so gibt es auch nicht zwei Menschen, die genau dasselbe denken und identisch handeln.

Hilf uns, demütig zu empfangen und freudig zu geben.

Hilf uns zu begreifen, dass die Weisheit nicht in den Antworten liegt, die wir erhalten, sondern dass es die Fragen sind, die unser Leben bereichern.

Hilf uns, dass wir nicht zum Sklaven dessen werden, was wir zu wissen glauben – denn in Wahrheit wissen wir nur wenig über das Schicksal. Doch möge uns dies dazu bringen, richtig zu handeln, indem wir uns gemäß den vier Kardinaltugenden verhalten: mit Wagemut, Anmut, Liebe und Freundschaft.

Unser tägliches Wunder gib uns heute, Herr.

So wie verschiedene Wege zum Gipfel des Berges führen, gibt es auch viele Wege zum Ziel. Hilf uns, den einzigen Weg zu erkennen, der es verdient, gegangen zu werden: jenen, auf dem sich die Liebe offenbart.

Hilf uns, die Liebe, die in uns selber schlummert, zu wecken, bevor wir Liebe in anderen wachrufen. Nur so können wir Zuneigung, Begeisterung, Achtung erlangen.

Hilf uns, zwischen dem Kampf zu unterscheiden, der unser Kampf ist, und den Kämpfen, zu denen wir gegen unseren Willen getrieben werden oder die wir nicht vermeiden können, weil das Schicksal sie uns in den Weg gestellt hat.

Hilf uns, die Augen zu öffnen und zu erkennen, dass wir nie zwei identische Tage erleben. Jeder Tag bringt ein anderes Wunder, das dazu führt, dass wir atmen, träumen und in der Sonne gehen.

Hilf uns, die Ohren zu öffnen, damit wir die Worte hören, die unverhofft aus dem Mund unserer Mitmenschen kommen – auch wenn wir nicht um Rat gebeten haben und keiner weiß, was in diesem Augenblick in unserer Seele vor sich geht.

Und hilf uns, dass wir, wenn wir den Mund öffnen, nicht nur die Sprache der Menschen sprechen, sondern auch die Sprache der Engel und sagen: ›Wunder widersprechen nicht den Gesetzen der Natur. Wir denken das nur, weil wir in Wahrheit die Gesetze der Natur nicht kennen.‹

Und hilf uns, in dem Augenblick, in dem uns dies gelingt, den Kopf ehrfurchtsvoll zu senken und zu sagen: ›Ich war blind und kann jetzt sehen. Ich war stumm und kann jetzt sprechen. Ich war taub und kann jetzt hören. Denn Gott hat Wunder an mir getan, und alles, was ich verloren glaubte, ist zurückgekehrt.‹

Denn so wirken Wunder.

Sie zerreißen die Schleier und verändern alles, aber sie lassen nicht zu, dass wir sehen, was sich jenseits der Schleier befindet.

Sie lassen uns unversehrt aus dem Tal der Schatten und des Todes heraustreten, aber sie sagen uns nicht, welcher Weg uns zu den Bergen der Freude und des Lichts führt.

Wunder öffnen Türen, zu denen niemand einen Schlüssel hat.

Sie umgeben die Erde mit Planeten, damit diese sich im Universum nicht allein fühlt. Und sie verhindern, dass die Planeten der Sonne zu nahe kommen, damit sie nicht von ihr verschlungen werden. Sie verwandeln Getreide durch Arbeit in Brot, die Trauben durch Geduld in Wein und den Tod in Leben durch die Auferstehung der Träume.

Daher gib uns heute unser tägliches Wunder, Herr.

Und vergib uns, wenn wir es nicht immer erkennen können.«

*Und ein Mann, der die Schlachten-
gesänge der Kreuzritter vor den
Mauern hörte und um sein Leben
und das seiner Familie fürchtete,
bat:*

*»Sprich zu uns über Angst und die
Bangigkeit des Herzens.«*

Und der Kopte antwortete:

»An einem bangen Herzen ist nichts Falsches. Der Mensch kann zwar Gottes Zeit nicht beeinflussen, dennoch möchte er, dass sich seine Wünsche möglichst schnell erfüllen.

Und er möchte, was ihm Angst einflößt, möglichst schnell beseitigen.

Von Kindheit an bis zu dem Augenblick, in dem er das Leben mit Gleichmut betrachtet. Denn solange wir an die Gegenwart gebunden sind, werden wir immer jemanden oder etwas bang erwarten.

Wie soll man einem verliebten Herzen sagen, es solle ruhig sein und still die Wunder der Schöpfung betrachten, frei von Anspannung, Ängsten und Fragen, auf die es keine Antwort gibt?

Angst gehört zur Liebe, und es sollte ihr daraus kein Vorwurf gemacht werden.

Wie soll man jemandem, der sein Leben und

sein gesamtes Hab und Gut einem Traum verschrieben hat und immer noch auf dessen Erfüllung wartet, sagen, er solle keine Angst haben? Auch wenn der Bauer den Lauf der Jahreszeiten nicht beschleunigen kann, um die Früchte dessen, was er gepflanzt hat, zu ernten, so wartet er doch ungeduldig auf den Herbst und die Ernte.

Wie soll man einen Krieger bitten, vor einem Kampf nicht innerlich unruhig zu sein?

Er hat für diesen Augenblick bis zur Erschöpfung geübt und sein Bestes gegeben, er glaubt, vorbereitet zu sein, ist aber von Angst erfüllt, all seine Mühen könnten umsonst gewesen sein.

Die Bangigkeit des Herzens ist dem Menschen angeboren. Und da wir sie niemals werden beherrschen können, müssen wir lernen, mit ihr zu leben – so wie der Mensch gelernt hat, mit Unwettern zu leben.

Doch für jene, denen es nicht gelingt, ihre Ängste zu beherrschen, wird das Leben ein Alptraum sein.

Das, wofür sie stündlich dankbar sein sollten, wird zu einem Fluch. Sie möchten, dass die Zeit schneller vergeht, ohne zu begreifen, dass sie dann auch schneller dem Todesengel begegnen werden. Und schlimmer noch: Um die Angst zu vertreiben, tun sie Dinge, die ihre Angst noch vergrößern.

Die Mutter, die auf die Heimkehr ihres Kindes wartet, beginnt, sich das Schlimmste auszumalen.

Der Liebende klagt: ›Meine Liebste gehört mir, und ich gehöre ihr. Als sie gegangen ist, habe ich sie in den Straßen der Stadt gesucht und nicht gefunden.‹ Und an jeder Straßenecke, an der er vorbeikommt, und mit jedem Menschen, den er fragt und der ihm keine Auskunft über sie geben kann, verwandelt sich die Sorge um seine Liebste in Verzweiflung.

Dem arbeitenden Menschen, der sich, während er auf die Früchte seiner Mühen wartet, mit anderen Aufgaben beschäftigt, werden so noch mehr Augenblicke des Wartens beschert. Aus einem Augenblick bangen Wartens werden viele, und er wird nicht mehr imstande sein, in den Himmel zu sehen, zu den Sternen zu blicken oder seinen Kindern beim Spielen zuzuschauen.

Die Mutter, der Liebende und der arbeitende Mensch hören auf, ihr Leben zu leben. Sie rechnen nur mit dem Schlimmsten, hören auf Klatsch und Tratsch, klagen darüber, wie langsam die Zeit vergeht, und mäkeln an allem und allen herum.

Außerdem ernähren sie sich schlecht, essen entweder zu viel oder bekommen nichts herunter. Und wenn sie nachts ihren Kopf aufs Kissen legen, finden sie keinen Schlaf.

Dann webt die Angst einen Schleier, durch den sie alles nur noch verzerrt sehen.

Und die Augen der Seele trüben sich, weil sie nie zur Ruhe kommen.

In diesem Augenblick nistet sich einer der schlimmsten Feinde des Menschen ein: die Besessenheit.

Die Besessenheit kommt und sagt:

›Dein Schicksal gehört von nun an mir. Ich werde dafür sorgen, dass du Dinge suchst, die es nicht gibt.

Auch deine Lebensfreude gehört jetzt mir. Denn dein Herz wird keinen Frieden mehr finden, weil ich daraus die Begeisterung vertreibe und ihren Platz einnehme.

Ich werde dafür sorgen, dass die Angst sich in der Welt ausbreitet, und du selbst wirst ständig voller Furcht sein, ohne zu wissen, warum.

Deine Arbeit, die einst eine Liebesgabe war, wird von mir in Besitz genommen. Die anderen werden sagen, dass du ein Vorbild bist, weil du dich bemühst, über deine Grenzen hinauszugehen, und du wirst sie anlächeln und dankbar für das Kompliment sein.

Doch dein Herz wird sagen, dass deine Arbeit jetzt mir gehört und dazu dienen wird, dich von allem und allen fernzuhalten – von deinen Freunden, deinem Kind, von dir selber.

Arbeite ruhig mehr, damit dir nur ja keine Zeit zum Nachdenken bleibt. Arbeite mehr, als nottut, damit du ganz und gar aufhörst zu leben.

Deine Liebe, die einst die Offenbarung der göttlichen Kraft war, gehört ebenfalls mir, der Besessenheit. Und jeder Mensch, den du liebst, wird sich keinen Augenblick lang entfernen dürfen, ohne dass ich dir sage: 'Vorsicht, er könnte gehen und nie wiederkehren.'

Dein Kind, das in die Welt hinausgeht und seinen eigenen Weg finden will, gehört jetzt ebenfalls mir. Ich werde dafür sorgen, dass du es mit übermäßiger Sorge erstickst, ihm jegliche Abenteuerlust und Risikofreude nimmst und es jedes Mal bestrafst, wenn es etwas tut, was dir missfällt, oder ihm Schuldgefühle machst, wenn es deine Erwartungen nicht erfüllt.‹

Daher lasse nicht zu, dass die Bangigkeit des Herzens dein Leben kontrolliert.

Wenn sie aufkommt, sage zu ihr: ›Ich sorge mich nicht wegen des morgigen Tages, denn Gott ist da und wartet auf mich.‹

Und wenn die Besessenheit dir einredet, dass dauerndes Arbeiten ein produktives Leben bedeute, dann sage ihr: ›Ich brauche Muße, um die Sterne zu betrachten und um meine Arbeit mit Hingabe zu verrichten.‹

Wenn die Besessenheit dir mit dem Gespenst des Hungers droht, sage ihr: ›Der Mensch lebt nicht von Brot allein, sondern von einem jeglichen Wort Gottes.‹

Wenn die Besessenheit sagt, dass deine Liebe vielleicht nie zu dir zurückkommt, dann sage: ›Meine Liebste gehört mir und ich ihr. Sie hütet tagsüber die Herden am Fluss, und ich kann ihren Gesang in der Ferne hören. Wenn sie am Abend zurückkommt, wird sie sich müde und glücklich zu mir an den Tisch setzen, die Speisen essen, die ich für sie zubereitet habe, und ich werde über ihren Schlaf wachen.‹

Wenn die Besessenheit sagt, dass dein Sohn die Liebe, die du ihm gibst, nicht achtet, antworte: ›Zu viel Fürsorglichkeit erstickt Herz und Seele, denn Leben ist ein Akt des Mutes. Und ein Akt des Mutes ist immer ein Akt der Liebe.‹

So wirst du die Bangigkeit des Herzens fernhalten.

Zwar wird sie nie völlig verschwinden. Doch wahre Lebensklugheit besteht darin, zu begreifen, dass wir die Angst beherrschen können, die ursprünglich uns beherrschen wollte.«

Und ein junger Mann bat:

»Sprich zu uns über das, was die Zukunft für uns bereithält.«

Und der Kopte antwortete:

»Wir alle wissen, was die Zukunft am Ende für uns bereithält: den Tod. Er kann jederzeit ohne Ankündigung da sein und sagen: ›Komm mit!‹

Und auch wenn wir es nicht wollen, bleibt uns doch keine Wahl. Im Angesicht des Todes werden wir voller Freude oder voller Trauer auf unsere Vergangenheit zurückschauen und uns fragen:

›Habe ich genug geliebt?‹

Und mit Liebe meine ich nicht allein die Liebe zu einem anderen Menschen. Lieben heißt auch offen sein für Wunder, für Siege wie für Niederlagen, für alles, was uns, solange wir leben, im Alltag widerfahren kann.

Unsere Seele wird von vier unsichtbaren Kräften regiert: Liebe, Tod, Macht und Zeit.

Wir müssen lieben, weil wir von Gott geliebt werden.

Wir müssen uns unserer Sterblichkeit bewusst werden, um das Leben verstehen zu können.

Wir müssen kämpfen, um zu wachsen – aber wir dürfen uns nicht von der Macht täuschen lassen, die wir erlangen, wenn wir wachsen, denn wir wissen, dass sie nichts wert ist.

Schließlich müssen wir hinnehmen, dass unsere Seele, auch wenn sie unsterblich ist, in diesem Augenblick mit ihren Möglichkeiten und Grenzen im Netz der Zeit gefangen ist.

Unser Traum, der als Wunsch in unserer Seele wohnt, kommt nicht aus dem Nichts. Jemand hat ihn dort eingepflanzt. Und dieser Jemand, der die reine Liebe ist und nur unser Glück will, hat es getan, weil er uns mit dem Traum auch die Werkzeuge gegeben hat, ihn zu verwirklichen.

Wenn du schwierige Zeiten durchlebst, vergiss nie: Magst du auch Schlachten verloren haben, du hast überlebt. Das ist ein Sieg. Zeige deine Freude, und feiere deine Fähigkeit voranzuschreiten.

Verteile deine Liebe großzügig über Felder und Weiden, über die Straßen der großen Stadt und über die Dünen der Wüste.

Zeige, dass dir die Armen etwas bedeuten, denn sie erlauben dir, dich in der Tugend der Barmherzigkeit zu üben.

Und zeige auch, dass dir die Reichen etwas bedeuten, die allem und allen misstrauen, ihre gefüllten Getreidespeicher verschließen, aber trotz ihres Reichtums die Einsamkeit nicht vertreiben können.

Lass keine Gelegenheit aus, deine Liebe zu zeigen. Vor allem jenen, die dir nahestehen, weil wir mit ihnen oft besonders nachlässig umgehen.

Von der Liebe wirst du als Erster etwas haben – und die Welt, die dich umgibt, wird dich belohnen, auch wenn du dir zunächst sagst: ›Sie werden meine Liebe nicht verstehen.‹

Liebe muss nicht verstanden werden. Sie muss nur gezeigt werden.

Daher hängt das, was deine Zukunft für dich bereithält, ganz und gar von deiner Fähigkeit ab zu lieben.

Daher musst du von dem, was du tust, vollkommen überzeugt sein. Höre nicht auf die anderen, wenn sie dir einzureden versuchen: ›Jener Weg ist besser‹ oder ›Jene Strecke ist weniger mühsam‹.

Gottes größtes Geschenk an uns ist die Gabe, frei zu entscheiden.

Uns wurde von unserer Kindheit an eingetrichtert, dass das, was wir leben wollen, unmöglich sei. Und je mehr Jahre vergehen, desto mehr Sand aus Vorurteilen, Ängsten und Schuldgefühlen wird angehäuft.

Befreie dich davon. Nicht morgen, nicht heute Abend, sondern jetzt.

Ich sagte bereits: Viele von uns glauben, dass wir die Menschen, die wir lieben, verletzen, wenn wir im Namen unserer Träume alles zurücklassen.

Aber jene, die uns wirklich Gutes wünschen, möchten uns glücklich sehen – auch wenn sie noch nicht verstehen, was wir tun, und auch wenn sie uns anfangs mit Drohungen, Versprechen oder Tränen aufhalten wollen.

Tage voller Abenteuer liegen vor dir, und es ist gut, sie auszukosten: Daher spüre, wenn du auf einem Pferd sitzt, den Wind in deinem Gesicht, und genieße das Gefühl von Freiheit.

Aber vergiss nicht, dass du eine lange Reise vor dir hast. Wenn du dich dem Überschwang der Gefühle zu sehr hingibst, könntest du stürzen. Und wenn du deinem Pferd keine Rast gönnst, könnte es vor Durst oder Erschöpfung sterben.

Wenn du reitest, lausche dem Wind, aber vergiss darüber das Pferd nicht.

Und wenn die Erfüllung deines Traumes zum

Greifen nahe ist, musst du besonders aufmerksam sein, weil dann die größte Gefahr droht.

Du siehst dann, dass du an einem Punkt angelangt bist, an den es nur wenige schaffen, und du wirst glauben, nicht verdient zu haben, was das Leben dir schenkt.

Du wirst vergessen, was du überwunden, was du erlitten, auf was du verzichtet hast. Und du wirst aus einem unbewussten Schuldgefühl heraus alles zerstören, was du so mühevoll aufgebaut hast.

Dies ist das gefährlichste Hindernis, weil es dem Anschein nach um etwas Verehrungswürdiges geht: den Verzicht auf etwas Errungenes.

Aber wenn ein Mensch begriffen hat, dass er dessen, wofür er so hart gekämpft hat, würdig ist, dann wird er feststellen, dass er es in Wahrheit nicht allein geschafft hat. Und er muss der Hand, die ihn geführt hat, Achtung zollen.

Nur derjenige begreift seinen eigenen Wert, der imstande ist, jeden seiner Schritte zu würdigen.«

Und einer von denen, die schreiben konnten, und der eifrig jedes Wort des Kopten notiert hatte, ließ den Stift sinken, und der Platz, auf dem sich das Grüppchen versammelt hatte – die müden Gesichter, die Kirchenoberhäupter, die schweigend zuhörten –, kam ihm wie ein Traum vor. Und um sich zu beweisen, dass er nicht träumte, stellte er eine Frage:

»Was bedeutet Loyalität?«

Und der Kopte sagte:

»Loyalität ist wie ein Laden voll kostbarster Tongefäße, dessen Schlüssel uns von der Liebe anvertraut wurde.

Ein jedes dieser Gefäße ist schön, weil es sich von den anderen unterscheidet. So wie die Menschen, die Regentropfen oder die Felsen in den Bergen auch alle unterschiedlich sind.

Manchmal fällt aus Altersgründen oder wegen eines nicht entdeckten Schadens ein Regal in sich zusammen. Und der Besitzer des Ladens sagt sich:

›Da habe ich so viel Zeit und Liebe in diese Tongefäße gesteckt, aber trotzdem haben sie mich verraten und sind zersprungen.‹

Er verkauft seinen Laden und zieht weg. Am Ende ist er einsam und verbittert und überzeugt, niemals wieder jemandem vertrauen zu können.

Es kommt tatsächlich vor, dass Gefäße zerbrechen und mit ihnen der Pakt der Treue. In diesem Fall ist es am besten, die Scherben zusammenzukehren und sie wegzuwerfen, denn das, was einmal zerbrochen ist, wird nie wieder wie vorher.

Manchmal aber fällt das Regal aus Gründen in sich zusammen, die man nicht beeinflussen kann: wegen eines Erdbebens, wegen eines Überfalls, aufgrund einer Unachtsamkeit.

Dann schieben sich alle gegenseitig die Schuld zu und sagen: ›Warum hast du nicht aufgepasst?‹ Oder: ›Mir wäre das nicht passiert.‹

Doch das stimmt nicht. Wir alle sind Gefangene der Zeit und haben keine Kontrolle über sie.

Die Zeit vergeht, das kaputte Regal wird geflickt und wieder aufgebaut.

Andere Tongefäße rücken an die Stelle der alten. Und der neue Ladenbesitzer, der weiß, dass alles vergänglich ist, lächelt und sagt sich: ›Das Unglück meines Vorgängers ist meine Chance, und ich werde sie nicht ungenutzt verstreichen lassen, sondern neue Gefäße kaufen und darunter Schätze entdecken, von deren Existenz ich keine Ahnung hatte.‹

Die Schönheit eines solchen Ladens besteht in der Einzigartigkeit jedes einzelnen Gefäßes. Sieht man sie nebeneinanderstehen, strahlen sie Harmonie aus und spiegeln die Mühen des Töpfers und die Kunst des Malers wider, der sie bemalt hat.

Keines dieser Kunstwerke darf aber von sich behaupten: ›Ich bin etwas Besonderes.‹ Denn sonst wäre es nicht mehr wert als ein Haufen Scherben.

Und so wie mit den Gefäßen verhält es sich auch mit den Menschen.

Und mit den verschiedenen Völkern und mit den Schiffen und den Bäumen und den Sternen.

Haben wir das erst begriffen, können wir uns am Abend neben unseren Nachbarn setzen, respektvoll anhören, was er zu sagen hat, und ihm sagen, was wir ihm zu sagen haben. Und keiner wird dem anderen die eigenen Vorstellungen aufzwingen.

Mögen uns die Berge auch körperlich voneinander trennen, so gibt es doch die Gemeinschaft des Geistes. Wir sind Teil dieser Gemeinschaft. Und in dieser Gemeinschaft sind die Worte wie Straßen, die Fernes verbinden, und wie bei Straßen müssen gelegentlich die Schäden repariert werden, die die Zeit ihnen zugefügt hat.

So wird ein geliebter Mensch, der zurückkehrt,

niemals mit Misstrauen empfangen werden, weil die Loyalität seine Schritte begleitet hat.

Und der Mensch, der gestern noch unser Gegner war, weil Krieg war, kann heute schon unser Freund sein, weil der Krieg zu Ende ist und das Leben weitergeht.

Der Sohn, der davonging, wird zurückkehren, wenn es an der Zeit ist – und er wird reich sein an Erfahrungen, die er auf seinem Weg gemacht hat. Der Vater wird ihn mit offenen Armen empfangen und seinen Dienern sagen: ›*Bringt das beste Kleid, und tut es ihm an, und gebt ihm einen Fingerreif an seine Hand und Schuhe an seine Füße, und bringt ein gemästet Kalb her und schlachtet's; lasset uns essen und fröhlich sein! Denn dieser mein Sohn war tot und ist wieder lebendig geworden; er war verloren und ist gefunden worden.*‹«

Und ein Mann, dessen Stirn von der Zeit gezeichnet und dessen Körper voller Narben war, die von den Schlachten erzählten, an denen er teilgenommen hatte, bat:

»Sprich zu uns über die Waffen, die wir benutzen müssen, wenn alles verloren ist.«

Und der Kopte sagte:

»Wo Loyalität ist, sind Waffen überflüssig.

Denn alle Waffen sind Werkzeuge des Bösen, nicht Werkzeuge des Weisen.

Loyalität gründet auf Respekt, und der Respekt ist die Frucht der Liebe. Die Liebe vertreibt die Dämonen des Misstrauens allem und allen gegenüber und gibt dir wieder einen klaren Blick.

Will ein Weiser jemanden schwächen, wird er zuerst den anderen glauben machen, er selber wäre stark. Dann wird dieser in die Falle laufen, jemand noch Stärkeren herauszufordern und besiegt werden.

Will ein Weiser jemanden erniedrigen, wird er den anderen dazu bringen, auf den höchsten Berg zu steigen und sich, oben angelangt, für mächtig zu halten. Dann glaubt dieser, noch höher hinaufsteigen zu können, und wird in den nächsten Abgrund stürzen.

Wenn ein Weiser begehrt, was ein anderer besitzt, wird er ihn mit Geschenken überhäufen und so dafür sorgen, dass der andere vor lauter Besitztümern den Überblick und als Folge alles verliert, was er zu besitzen glaubte.

Wenn es einem Weisen nicht gelingt herauszufinden, was sein Gegner plant, täuscht er einen Angriff vor.

Denn wir alle leben im Wahn, nicht gemocht, und in der ständigen Angst, angegriffen zu werden. Daher ist auch unser Gegner, so brillant er auch sein mag, unsicher und reagiert mit übermäßigem Aufwand auf jede Provokation. Tut er das, zeigt er seine Waffen, und der Weise erfährt, wo die Stärken und Schwächen seines Gegners liegen.

Erst wenn er genau weiß, welche Reaktion ihn erwartet, wird der Weise angreifen oder zurückweichen.

So besiegen jene, die verzagt und schwach wirken, die Harten und Starken.

Die Weisen besiegen oft die Krieger, aber die Krieger besiegen auch oft die Weisen. Besser ist es jedoch, einen Kampf ganz zu vermeiden und Frieden und Entspannung zu suchen.

Wer im Kampf verletzt wurde, sollte sich fragen:

›Lohnt es, mein Herz mit Hass zu füllen und diese Last mit mir herumzuschleppen?‹

Damit macht er sich eines der Wesensmerkmale der Liebe zunutze: die Fähigkeit zu vergeben. So kann er sich über die im Kampfesgetümmel ausgesprochenen Beleidigungen erheben, die bald schon von der Zeit ausgelöscht werden, so wie der Wind die Fußspuren in der Wüste verweht.

Wenn du demjenigen verzeihst, der dich beleidigt hat, wird er dir, davon beschämt, Loyalität entgegenbringen.

Wir sollten uns daher der Kräfte, die uns antreiben, bewusst sein.

Der wahre Held ist nicht derjenige, der zu großen Taten geboren wurde, sondern derjenige, dem es gelingt, mit kleinen Dingen um sich herum einen Schild aus Loyalität zu schaffen.

So wird, wenn er das Leben seines Gegners verschont, sein Handeln niemals vergessen werden.

Der wahre Liebende ist nicht derjenige, der sagt: ›Du musst an meiner Seite sein, ich muss mich um dich kümmern, denn wir sind durch Loyalität aneinandergekettet.‹

Sondern derjenige, der weiß, dass Loyalität nur Hand in Hand mit Freiheit möglich ist.

Ein wahrer Freund ist nicht derjenige, der sagt: ›Du hast mich heute verletzt, ich bin traurig.‹

Sondern derjenige, der sagt: ›Du hast mich heute aus Gründen verletzt, die ich nicht kenne und die du möglicherweise selbst nicht kennst, aber ich weiß, dass ich morgen auf deine Hilfe zählen kann, und werde deshalb nicht traurig sein.‹

Und der Freund antwortet: ›Du bist loyal, denn du hast gesagt, was du fühlst. Nichts ist schlimmer als ein Freund, der aus falsch verstandener Loyalität alle Fehler des anderen hinnimmt.‹

Die zerstörerischsten Waffen sind nicht Lanzen oder Rammböcke, die die Körper verletzen und die Mauern zerstören können. Die zerstörerischste Waffe ist das Wort, das ein Leben zunichtemacht, ohne Blutspuren zu hinterlassen, und dessen Wunden niemals heilen.

Lasst uns daher unsere Zunge im Zaum halten, damit wir nicht zu Sklaven unserer Worte werden. Auch wenn die Worte gegen uns verwendet werden, sollten wir uns nie auf einen Kampf einlassen, der keinen Sieger haben wird. In dem Augenblick, in dem wir uns dem niederträchtigen Gegner angleichen, werden wir in der Finsternis kämpfen, und der einzige Gewinner wird der Herr der Finsternis sein.

Die Loyalität ist wie eine Perle inmitten von Sandkörnern, die nur jene sehen können, die begreifen, was Loyalität wirklich bedeutet.

Wer darauf aus ist, Zwietracht zu säen, mag tausendmal daran vorbeikommen, er wird die Perle nicht sehen, die allem zum Trotz jene zueinanderstehen lässt, die nicht getrennt werden sollen.

Loyalität kann nicht erzwungen werden, weder durch Gewalt noch durch Angst oder Einschüchterung.

Sie ist das Ergebnis einer Wahl, die nur starke Geister zu treffen imstande sind.

Und da sie auf einer Wahl beruht, toleriert sie keinerlei Verrat, doch sie ist immer großzügig gegenüber Fehlern.

Und da sie auf einer Wahl beruht, widersteht sie der Zeit und vorübergehenden Konflikten.«

Einer der jungen Männer unter den Zuhörern, der sah, dass die Sonne hinter dem Horizont versank und die Versammlung sich ihrem Ende zuneigte, fragte:

»Und was ist mit den Feinden?«

Und der Kopte antwortete:

»Wahre Weise beklagen sich nicht über Leben oder Tod. Daher nimm den Kampf an, der dich morgen erwartet, denn wir sind aus dem Ewigen Geist gemacht, der uns oft vor schwierige Situationen stellt, die wir meistern müssen.

Im Augenblick des Kampfes sollten überflüssige Fragen vermieden werden, da sie das Reaktionsvermögen des Kriegers nur herabsetzen.

Ein Krieger erfüllt auf dem Schlachtfeld sein Schicksal – ihm muss er sich hingeben. Weh denen, die glauben, dass sie töten oder sterben könnten! Denn die göttliche Kraft kann nicht zerstört werden, sie kann allenfalls ihre Form verändern. Die Weisen der Antike sagten:

Nimm dies als einen von höherer Seite bestimmten Plan hin, und schreite voran. Nicht die irdischen Schlachten entscheiden, was ein Mensch ist – denn so wie der Wind seine Richtung wech-

selt, wehen auch das Glück und der Sieg aus allen Richtungen. Der Besiegte von heute ist der Sieger von morgen, aber, damit dies so ist, muss man sich ehrenhaft auf den Kampf einlassen.

So wie wir neue Kleider anziehen und die alten aufgeben, schlüpft die Seele in neue Körper und gibt die alten, nutzlosen auf. Weißt du das, musst du um deinen Körper nicht fürchten.

Heute Nacht oder morgen früh steht uns ein schwerer Kampf bevor. Die Geschichtsschreibung wird über seinen Ausgang berichten.

Doch da sich unsere Versammlung ihrem Ende zuneigt, sollten wir keine Zeit mit Vermutungen darüber verlieren.

Ich möchte deshalb über andere Feinde sprechen: jene, die sich an unserer Seite befinden.

Wir alle müssen uns in unserem Leben vielen Feinden stellen, denn schwerer ist der zu besiegen, den wir fürchten.

Wir alle treffen bei dem, was wir tun, immer wieder auf Rivalen, aber die gefährlichsten sind jene, die wir für unsere Freunde halten.

Wir leiden alle, wenn wir in unserer Ehre angegriffen und verletzt werden, aber der größte Schmerz wird von jenen hervorgerufen, die wir für ein Vorbild für unser Leben hielten.

Niemand kann verhindern, dass er jemandem begegnet, der ihn verraten und verleumden wird. Aber wir können alle das Böse abwenden, bevor es sein wahres Gesicht zeigt – denn hinter einem Übermaß an Freundlichkeit verbirgt sich oft ein gezückter Dolch.

Loyale Männer und Frauen haben kein Problem damit zu zeigen, wer sie sind, denn andere loyale Menschen erkennen deren gute und schlechte Eigenschaften auch so.

Doch halte dich fern von jenen, die dir die ganze Zeit gefallen wollen.

Pass auf, dass du dir nicht selber Schmerz zufügst, indem du zulässt, dass ein feiges, bösartiges Herz Teil deiner Welt wird. Denn ist das Böse erst einmal geschehen, nützt es nichts, jemand anderem dafür die Schuld zu geben: Schließlich wurde ihm die Tür vom Hausherrn eigenhändig geöffnet.

Je schwächer jemand ist, der andere verleumdet, desto gefährlicher sind seine Taten. Biete schwachen Geistern, die keinen starken Geist neben sich ertragen können, keine Angriffsfläche.

Wenn jemand mit dir über Ideen oder Ideale streiten will, dann tritt vor, und nimm den Kampf an – denn in jedem Augenblick des Lebens ist der

Konflikt gegenwärtig, und manchmal muss er zutage treten.

Doch kämpfe nicht, um zu beweisen, dass du recht hast, oder um anderen deine Ideen oder Ideale aufzuzwingen. Nimm den Kampf an, um deinen Geist rein und deinen Willen untadelig zu erhalten. Wenn der Kampf zu Ende ist, werden beide als Sieger daraus hervorgehen, weil sie ihre Fähigkeiten und Grenzen auf die Probe gestellt haben.

Auch wenn im ersten Augenblick einer von beiden sagen mag: ›Ich habe gesiegt.‹

Und der andere traurig denkt: ›Ich bin besiegt worden.‹

Da beide den Mut und die Entschlossenheit des anderen achten, wird eine Zeit kommen, in der aus einstigen Gegnern Freunde werden, auch wenn bis dahin möglicherweise tausend Jahre vergehen müssen.

Wenn aber jemand zu dir kommt, um dich zu reizen, dann schüttle den Staub von deinen Schuhen, und geh einfach weiter. Kämpfe nur mit jemandem, der es wert ist – und nicht mit jemandem, der hinterlistig versucht, einen Krieg, der bereits zu Ende ist, zu verlängern, so wie es in allen Kriegen geschieht.

Diese Barbarei kann nicht den Kriegern auf dem Schlachtfeld angelastet werden, sondern jene sind dafür verantwortlich, die Sieg und Niederlage ihren Interessen entsprechend manipulieren.

Dein wahrer Feind ist nicht der, der mit dem Schwert in der Hand vor dir steht. Es ist der, der mit dem Dolch hinter dem Rücken an deiner Seite steht.

Der wichtigste Krieg ist nicht der, der mit hehrem Geist und einer in ihr Schicksal ergebenen Seele auf dem Schlachtfeld ausgefochten wird, sondern der Kampf, der sich in unserem Inneren auf der geistigen Ebene abspielt. Er wird auch jetzt, während wir miteinander reden, zwischen Gut und Böse, Mut und Feigheit, Liebe und Angst ausgefochten.

Vergelte Hass nicht mit Hass, sondern mit Gerechtigkeit. Die Welt teilt sich nicht in Feinde und Freunde auf, sondern in Schwache und Starke.

Die Starken sind großmütig im Sieg. Die Schwachen rotten sich zusammen und greifen jene an, die verloren haben, ohne zu wissen, dass die Niederlage etwas Vorübergehendes ist. Unter den Verlierern suchen sie sich jene heraus, die am verletzlichsten wirken.

Geschieht dies mit dir, frage dich, ob du die Opferrolle annehmen willst.

Ist deine Antwort Ja, wirst du dich in deinem Leben nie mehr von ihr befreien können. Und wenn du vor einer Entscheidung stehst, die Mut verlangt, hast du von vornherein verloren. Dein Mund mag dann von Sieg reden, doch deine Augen sprechen von Niederlage, und jeder wird es bemerken.

Ist deine Antwort jedoch Nein, so halte dagegen. Es ist besser zu reagieren, solange die Wunden noch leicht zu heilen sind – selbst wenn die Heilung Zeit und Geduld verlangt.

Du wirst ein paar schlaflose Nächte verbringen und denken: ›Ich verdiene das nicht.‹

Oder du wirst die Welt für ungerecht halten, weil sie dir nicht den Empfang bereitet, den du erwartet hast. Oft wirst du dich wegen der Demütigung schämen, die du vor deinen Gefährten, deiner Liebsten, deinen Eltern erlitten hast.

Doch wenn du nicht aufgibst, wird sich das Rudel Hyänen entfernen und sich andere für die Opferrolle suchen. Sie müssen diese Lektion selber lernen, denn niemand wird ihnen helfen können.

Deine Feinde sind also nicht Gegner, die dir geschickt wurden, um deinen Mut auf die Probe zu stellen.

Es sind Feiglinge, die dir geschickt wurden, um deine Schwäche auf die Probe zu stellen.«

Es war inzwischen vollkommen dunkel geworden.
Der Kopte wandte sich an die Gottesmänner, die alles gehört und gesehen hatten, und fragte, ob sie etwas sagen wollten.

Alle drei nickten.

Der Rabbi sagte:

»Als ein großer jüdischer Geistlicher sah, wie die Juden misshandelt wurden, ging er in den Wald. Er entzündete ein heiliges Feuer und sprach ein besonderes Gebet, in dem er Gott bat, sein Volk zu beschützen. Und Gott schickte ein Wunder.

Später ging sein Schüler, den Schritten des Rabbis folgend, an dieselbe Stelle im Wald und sagte:

›Herr des Universums, ich weiß nicht, wie ich das heilige Feuer entzünden soll, aber das besondere Gebet kenne ich noch. Erhöre mich bitte.‹

Und wieder geschah ein Wunder.

Eine Generation später ging ein anderer Rabbi angesichts der Verfolgung seines Volkes in den Wald und sagte:

›Ich weiß nicht, wie man das heilige Feuer entzündet, ich kenne auch das besondere Gebet nicht, aber ich erinnere mich noch an die Stelle. Hilf uns, Herr!‹

Und der Herr half erneut.

Fünfzig Jahre später sprach einer seiner Nachfolger mit Gott: ›Ich weiß weder, wie man das heilige Feuer entzündet, noch kenne ich das Gebet, und auch den Ort im Wald kann ich nicht finden. Ich kann nur diese Geschichte erzählen und hoffen, dass du mich erhörst.‹

Und wieder geschah ein Wunder.

Geht also hinaus in die Welt, und erzählt, was ihr heute Nachmittag hier erlebt und gelernt habt.«

Nachdem er respektvoll gewartet hatte, bis sein Freund, der Rabbiner, zu Ende gesprochen hatte, ergriff der Imam, dem die Aufsicht über die al-Aqsa-Moschee oblag, das Wort:

»Ein Mann klopfte an die Tür seines Freundes, um ihn um einen Gefallen zu bitten:

›Ich möchte dich bitten, mir viertausend Dinare zu leihen, weil ich eine Schuld bezahlen muss. Könntest du das tun?‹

Der Freund bat seine Frau, alles zusammenzusuchen, was sie an Wertvollem besaßen, dennoch reichte es nicht. Sie mussten Nachbarn um Geld bitten, bis sie den notwendigen Betrag zusammenhatten.

Als der Mann gegangen war, bemerkte die Frau, dass ihr Ehemann weinte.

›Warum bist du bloß so traurig? Befürchtest du, dass wir, jetzt, da wir Schulden bei unseren Nachbarn haben, diese nicht werden zurückzahlen können?‹

›Nichts dergleichen. Ich weine, weil er ein Mensch ist, den ich sehr gern habe, und ich dennoch nicht wusste, wie es um ihn stand. Ich habe mich erst wieder an ihn erinnert, als er an meine Tür geklopft und mich gebeten hat, ihm Geld zu leihen.‹

Gehet also hin, und erzählt alles, was ihr an diesem Nachmittag gehört habt, damit wir unserem Bruder helfen können, bevor er es braucht.«

Und kaum hatte der Imam geendet, da begann der christliche Priester:

»Siehe, es ging ein Sämann aus, zu säen. Und es begab sich, indem er säte, fiel etliches an den Weg; da kamen die Vögel unter dem Himmel und fraßen's auf.

Etliches fiel in das Steinige, wo es nicht viel

Erde hatte; und ging bald auf, darum dass es nicht tiefe Erde hatte.

Da nun die Sonne aufging, verwelkte es, und dieweil es nicht Wurzel hatte, verdorrte es.

Und etliches fiel unter die Dornen; und die Dornen wuchsen empor und erstickten's, und es brachte keine Frucht.

Und etliches fiel auf ein gutes Land und brachte Frucht, die da zunahm und wuchs; etliches trug dreißigfältig und etliches sechzigfältig und etliches hundertfältig.

Daher sät eure Samen in allen Orten aus, in die ihr kommen werdet, denn wir wissen nicht, welche davon aufgehen werden, um die nächste Generation zu erleuchten.«

Jetzt bedeckte Dunkelheit die Stadt Jerusalem, und der Kopte bat alle, nach Hause zu gehen und aufzuschreiben, was sie gehört hatten. Und diejenigen, die des Schreibens nicht kundig waren, sollten die Worte in ihrem Herzen bewahren. Doch bevor die Menge sich zerstreute, sagte der Kopte noch:

»Denkt nicht, dass meine Worte Frieden auf der Welt stiften können.

Nein, von diesem Abend an werden wir mit einem unsichtbaren Schwert in die Welt hinausgehen und mit ihm die Dämonen der Unduldsamkeit und Engstirnigkeit bekämpfen. Geht, so weit euch eure Füße tragen. Und wenn ihr müde seid, gebt das Wort oder eure Aufzeichnungen weiter an Menschen, die würdig sind, dieses Schwert zu führen.

Sollte ein Dorf oder eine Stadt euch nicht empfangen wollen, beharrt nicht darauf. Kehrt auf dem Weg zurück, auf dem ihr gekommen seid, und schüttelt den Staub von euren Füßen. Denn jene werden verdammt sein, weil sie über viele Generationen dieselben Fehler machen werden.

Doch selig sind die, die die Worte hören oder die Handschrift lesen, denn der Schleier wird für immer zerreißen, und es wird nichts Verborgenes mehr geben, das ihnen nicht offenbart würde.

Gehet hin in Frieden.«